Des diables et des saints

DU MÊME AUTEUR

Ma reine, L'Iconoclaste, 2017 ; Folio, 2019
Cent millions d'années et un jour, L'Iconoclaste, 2019

L'Iconoclaste
26, rue Jacob, 75006 Paris
Tél. : 01 42 17 47 80
iconoclaste@editions-iconoclaste.fr
www.editions-iconoclaste.fr

Des diables et des saints

JEAN-BAPTISTE ANDREA

L'ICONOCLASTE
ROMAN

Adagio sostenuto

Si deve suonare tutto questo pezzo delicatissimamente e senza sordino

Vous me connaissez. Un petit effort, souvenez-vous. Le vieux qui joue sur ces pianos publics, dans tous les lieux de passage. Le jeudi je fais Orly, le vendredi, Roissy. Le reste de la semaine, les gares, d'autres aéroports, n'importe où, tant qu'il y a des pianos. On me trouve souvent gare de Lyon, j'habite tout près. Vous m'avez entendu plus d'une fois.

Un jour, enfin, vous m'approchez. Si vous êtes un homme, vous ne dites rien. Vous faites semblant de nouer votre lacet, pour m'écouter un peu sans en avoir l'air. Si vous êtes une femme, je sursaute. C'est que j'en attends une, justement.

Ce n'est pas vous, ne vous vexez pas. Je l'attends depuis cinquante ans.

Vous avez mille visages. Je me souviens de chacun, je n'oublie rien. Vous êtes cette fille aux matins blêmes rebondissant entre la ville et la banlieue. Vous êtes ce type en costume sombre dont je me rappelle avoir pensé : « Il doit faire l'amour avec un zèle de fonctionnaire », même si ça ne me regarde pas – je suis le premier à reconnaître que les femmes sont un dossier compliqué. Vous êtes blanc, vous êtes bleu, rouge, vert, vous êtes arc-en-ciel. Vous tournez autour de mes pianos, déboussolés, parce que je ne demande pas d'argent. C'est là que vous m'abordez. Vous posez tous la même question :

– Qu'est-ce qu'un homme comme vous fait là ?

Comment ça, « un homme comme moi » ? Et vous répondez toujours, à peu de choses près :

– Un homme comme vous, qui présente bien, même si vous avez oublié de vous raser la joue gauche. Un homme bien habillé, même si la forme de votre cravate est un peu démodée. Un homme, enfin, qui touche le piano comme vous le faites. Vous jouez comme un dieu, vous jouez peut-être pour Lui ? Un talent comme le vôtre, on ne le perd pas dans les gares ni les aéroports. Vous jouez comme ces pianistes qui enchantent le monde dans de grandes salles pourpres. Mais vous, vous n'enchantez que du goudron mouillé et des feutres trempés.

Vous avez raison, madame. Bien observé, monsieur. Mes scènes sentent le rail et le kérosène. Mes Carnegie Hall et mes Scala s'appellent Montparnasse, Roissy – Charles-de-Gaulle, Union Station, John F. Kennedy Airport. Il y a une bonne raison à cela. C'est une longue histoire, je ne voudrais pas vous ennuyer.

Vous passez votre chemin – l'immense majorité d'entre vous. Parfois, vous insistez. Vous m'offrez une forte somme d'argent pour jouer à votre anniversaire. À un dîner mondain, une barmitsva – vous me voyez hésiter. Vous proposez de me présenter votre mari, qui a un poste important à la Philharmonie. Ou votre oncle, l'agent artistique. Je décline chaque fois, merci, vraiment, c'est très aimable à vous. Je ferais un piètre invité. Je n'aime que les lieux ouverts, le vent qui circule et les portes qui claquent.

Hier, vous m'avez demandé :

– Vous serez là demain ?

Demain, ce n'est ni jeudi ni vendredi, alors oui, bien sûr que je serai là.

J'endors un *do* dièse entre le départ du 19 h 03 pour Annecy et l'arrivée du 19 h 04 en provenance de Béziers, éloignez-vous de la bordure du quai s'il vous plaît. Tiens, vous êtes revenu ? Je me présente, alors. Moi, c'est Joe. Joe pour Joseph, mais personne ne m'appelle plus Joseph depuis longtemps. Joseph, c'est un nom de grand musicien ou de père de messie.

Vous voulez que je joue, bien sûr, pour me tester. Pour comprendre, voir s'il y a un truc. Aujourd'hui vous exigez du Berg, ou du Brahms.

Désolé, je ne joue que Beethoven.

Je vous énerve un peu, je le vois bien. Pardonnez-moi. Je ne peux pas défaire cinquante ans d'habitude.

– Alors, jouez le premier mouvement de la sonate « Au clair de lune », vous répliquez. Quitte à faire dans le… classique.

Vous avez failli dire *banal,* et vous n'êtes pas le premier. Vous jetez un œil à votre montre – vous ne voudriez pas rater ce dîner en ville, vos amis ou vos collègues vous attendent, les petits fours sont à point. Les mains levées, j'attends le rythme. Une motrice TGV s'échoue voie L, haletant par toutes ses ouïes. Une baleine électrique qui nage depuis Nice à trois cents kilomètres-heure, le fretin indigeste qu'elle recrache sur le quai, tourbillonnant en une pâte lourde de verre fondu. Les corps qui se déplient et foncent vers le sommeil, l'alcool, la crise cardiaque, l'ennui, que sais-je. Tout est là, espoirs et délaissements. Vous ne l'entendez pas.

Je touche le clavier. L'arpège furieux, les accords, *presto agitato*. Le troisième mouvement, pas celui que vous avez demandé, je n'aime pas ce qui est prévisible. Vos lèvres se rétractent. Vos pupilles changent de taille, un drogué qui respire de nouveau après une injection d'adrénaline. À la fin, vous restez silencieux. Longtemps.

Vous avez pris une tornade en pleine figure, et mille autres avant vous. Elle vous a soulevé, essoré, reposé au même endroit. Vous n'en revenez pas d'être vivant. Vous ne direz plus jamais « banal ». Je sais ce que vous ressentez. On n'entend pas un génie devenir sourd sans une certaine émotion.

Vous dites :

– Un musicien de votre trempe, on lui donne la Légion d'honneur, on bredouille devant lui. Vous, on vous ignore toute la journée. Vous n'avez pas envisagé de vous produire ?

Me produire ? Je ne fais que ça.

Vous avez ce petit rictus d'impatience que j'ai remarqué, celui qui vous retrousse les lèvres.

– Non, vous produire *sur scène.* Vous ne seriez pas le premier à commencer une carrière tardive. Franchement, vous êtes encore jeune.

Merci, madame, monsieur. Je dois rester là. Je ne voudrais pas manquer le dernier train. Le dernier avion. Gardez vos Légions, vos médailles, ces ornements qui piquent le cœur et l'engourdissent.

– Vous pourriez gagner beaucoup d'argent, Joseph. Acheter votre propre piano.

C'est Joe, pas Joseph. Je n'ai pas besoin d'argent. J'ai tous les pianos que je veux. Et je ne suis plus jeune, à soixante-neuf ans. Je lis dans vos yeux que vous allez objecter. Je vous arrête, ce n'est pas de la coquetterie. C'est vrai, ce que je vous dis. Je ne suis plus jeune depuis longtemps. Je me souviens même de l'heure à laquelle c'est arrivé.

Allons nous installer à cette terrasse, là-bas, face aux voies. Le café n'est pas bon, mais les sièges sont confortables. Je crois que, cette fois, il va falloir que je vous explique.

Tout commença quand je tombai malade. Un mal incurable. Ne sursautez pas, je ne suis pas contagieux. Il me foudroya le 2 mai 1969. Je n'avais rien fait pour, ceux qui l'attrapent vous diront la même chose.

Mon infirmité ne figure pas dans les encyclopédies médicales.

Elle devrait.

Mon père affirmait qu'un homme ne peut pas vivre sans deux choses essentielles : un bon matelas et une bonne paire de chaussures. Il vendait les deux. Pas ensemble, naturellement. La fabrique de matelas, il en avait hérité de sa mère, une Anglaise bien sous tous rapports ou presque, puisqu'elle était tombée enceinte lors de vacances en France peu avant la guerre et s'y était établie. Les chaussures, elles, étaient venues plus tard. En apprenant que son chausseur préféré était sur le point de faire faillite, mon père, un homme élégant, avait racheté l'entreprise.

Mon père excellait en tout. La musique. Le jardinage. Le sport. Il aurait pu être médecin, architecte.

Il aurait pu être prêtre, ou rabbin, mais il ne croyait pas en Dieu et il n'était pas juif. Pas complètement en tout cas : sa mère n'était pas juive, donc lui non plus, moi encore moins. À l'entendre, c'était tant mieux. Ses fournisseurs, de bons catholiques, lui reprochaient déjà d'être trop dur sur les prix. Il ne voulait pas être accusé en sus d'avoir amoché leur Sauveur, surtout dans un contexte de concurrence accrue des Américains. Quand ma mère suggéra qu'il serait peut-être souhaitable de m'initier à cette partie de mon histoire, mon quart de judéité, il se mit en colère. On n'en parla plus jamais.

Mes parents m'élevaient comme un projet, avec une fougue de dictateurs. Ils m'aimaient comme on aime un plan quinquennal. Mais ils m'aimaient. J'étais *leur* plan quinquennal. Seule mon insupportable sœur échappait à leur tyrannie, parce qu'elle avait quatre ans. Du haut de ses mille et quelques jours, Inès se croyait tout permis. Elle fouillait ma chambre, touchait à mes disques. Si j'élevais la voix, elle se mettait à pleurer et ça me retombait sur le dos. Insupportable.

Quelques jours avant ma maladie, sans savoir que nous incubions tous, mon père me fit monter dans son bureau.

– J'ai eu Rothenberg au téléphone. Il dit que ton dernier cours s'est mal terminé. Que tu deviens paresseux. Que si ça continue, tu ne passeras pas dans la classe supérieure au conservatoire. Il pense que tu gâches ton talent. Tu as une explication ?

J'en avais une. J'avais fumé des lianes avec mon meilleur ami Henri dans les bois derrière le manoir de ses parents plutôt que de faire mes gammes.

– Non. Je ne comprends pas. Je travaille dur, pourtant.

– Pas assez dur apparemment. Ta mère, ta sœur et moi partirons à Rome sans toi ce week-end. Tu en profiteras pour réfléchir à ce que tu veux faire de ta vie.

Je suppliai mon père. Je suppliai ma mère, qui fit la sourde oreille. Elle me colla aussi des devoirs d'histoire, dont elle était agrégée. J'en parle avec tendresse aujourd'hui, à cause de ce qui s'est passé ensuite. Des années de pluie noire qui m'ont glacé jusqu'à l'os. Mais ce jour-là, pas question de tendresse. J'ai haï mes parents.

Nous habitions en région parisienne. J'allais sur mes seize ans et je ne manquais de rien. Ma vie sentait le cuir et les orchidées, les parfums de chez

Dior, ma vie bien encadrée par le mur de brique de notre propriété. La nuit venue, j'imaginais m'enfuir, changer le monde. Hurler des ordres en espagnol à mes fidèles guérilleros, béret sur la tête et cigare au bec. Mais il faudrait d'abord apprendre l'espagnol. Alors un jour. Plus tard. En attendant, mes rêves de révolution mouraient à chaque petit déjeuner qu'on me servait au lit. Une façon comme une autre de dire que j'étais un garçon normal. Un gamin de mon âge, bien élevé, un affable crétin.

Tout de même, ma maladie, je ne crois pas l'avoir méritée.

« Le rythme ! gueulait Rothenberg. Le rythme ! » Le vieux Rothenberg m'enseignait le piano. Il était froissé comme du papier, visage, cou, mains, un braille de rides à donner le vertige. J'avais envie de le repasser chaque fois que je le voyais.

Mais quand il jouait.

Quand il jouait, des rois mages se mettaient en chemin. Des princesses exotiques et lointaines étaient prises de langueur dans leurs palais de sable. Même Mme Rothenberg, une ombre fanée qui sentait les pétales et la naphtaline, redevenait la reine du Midi qu'il avait séduite, soixante ans plus tôt, sous un noyer en fleur.

Rothenberg n'enseignait que Beethoven. Dans un passé lointain dont il parlait rarement, le grand homme – qu'il appelait par son prénom – lui avait sauvé la vie. Rothenberg avait joué sans instrument ses trente-deux sonates, jour après jour. Les doigts dans l'air, les pieds dans la poussière de Pologne. Il avait joué pour ne pas devenir fou.

Je lui avais demandé si nous pouvions étudier autre chose, il s'était emporté.

– Tu études *déjà* autre chose, imbécile. Chez Ludwig il y a tout. L'avant et l'après. Il y a Bach, et il y a Schubert. Il y a Gabrieli, Mozart, Bruckner et pour un peu, il y aurait presque Varèse. Qu'est-ce que tu veux de plus ?

Cette semaine-là, la semaine où je tombai malade, la semaine où il appela mon père, je l'avais désespéré. J'insultais le rythme, et Rothenberg agonisait en s'arrachant les cheveux. En tout cas le peu qu'il lui en restait, parmi la couronne teinte en roux qui entourait la peau tachetée de son crâne. Sa tête évoquait un léopard en flammes.

– Dans l'andante de la n° 15, le rythme est essentiel. Tu vois comment elle s'appelle ?

Je me penchai pour lire la partition.

– Euh, « Pastorale ».

– Ça parle de quoi ?

– De bois, de ruisseaux ?

– *Schmegegge !* Des bois, des ruisseaux, n'importe quoi ! Tu entends cette pulsation à la main gauche ? C'est un type qui les enjambe, tes bois. Il monte sur les épaules de Bach pour voir par-dessus les arbres. Et toi tu joues ça comme un *schmock* endormi dans l'herbe après avoir trop mangé. Comme un ivrogne qui cherche une femme dans le bois de Boulogne ! Pousse-toi, bon sang, je vais te montrer.

– Calme-toi, Alon, lança Mme Rothenberg depuis la cuisine. Pense à ce qu'a dit le docteur.

Il fondit sur le piano sans même s'asseoir. Et je vis des choses que je ne compris que plus tard. Je vis des géants danser. Je vis un aigle piquer, tisser un ourlet bleu à la surface d'un lac. Quand il eut fini, je me mis à crier, parce que j'avais eu peur. Peur d'être écrasé. Peur d'être emporté.

– À quoi ça sert ? Je ne jouerai jamais comme ça ! Je ne jouerai jamais comme vous !

Rothenberg referma le couvercle du piano. Y déroula un napperon en macramé, se tourna lentement vers moi. Je crus qu'il allait me gifler, mais il posa doucement sa main de papier sur ma joue.

– Non, tu ne joueras jamais comme moi, mon garçon. Mais si ça continue, il y a plus grave. Tu ne joueras jamais comme toi.

Je sortis, ivre de ces premières colères de l'adolescence, les poings remplis d'éclairs qu'on lance au petit bonheur.

Sans savoir que je ne reverrais jamais Alon Rothenberg.

Si j'étais resté chez moi, rien ne serait arrivé. À peine mes parents partis pour leur foutu weekend à Rome, à peine leur taxi disparu au bout de l'avenue, je filai chez Henri.

Henri Fournier était mon meilleur ami – on avait juré. Les Fournier étaient riches, encore plus que nous. Lui aussi avait une insupportable sœur, juste plus âgée, ce qui présentait certains avantages lorsqu'elle prenait une douche en oubliant de fermer la porte. Le père avait fait fortune dans les vis, à bois, à tôle, autoforeuses, tire-fond, des vis en tout genre qu'il importait d'Asie. Nous écoutions souvent de la musique, avec Henri, celle que nos parents qualifiaient de « dégénérée ». Ce jour-là, un 33-tours tout neuf qu'il avait rapporté la veille de Paris, les Rolling Stones. Le disquaire avait garanti à Henri leur dégénérescence absolue, et il avait raison. Nous rebondissions sur son lit en secouant nos crinières imaginaires.

Changement de face. Le diamant descendit. Crachements, tambours tribaux, éructations sauvages, rires de femmes, piano ! *Please allow me to introduce myself*. J'arrêtai de sauter. *I'm a man of wealth and taste*. Rothenberg avait raison. Le rythme. Ces types l'avaient trouvé. Un rythme à nous emmener au bout du monde. À nous noyer dans la mer, toute une génération, si l'envie les en prenait. Des éclats de voix dans l'entrée. *Saute !* hurla Henri. *Saute plus haut !* J'étais figé. *Woo-woo*, ces sauvages appelaient maintenant leur dieu, *woo-woo !* Et il y avait toujours des éclats de voix dans l'entrée.

– Henri. Quelqu'un crie dans l'entrée.

Henri releva le bras du pick-up. Son père déboula dans l'entrée au même moment que nous. Sur le seuil, Mme Fournier postillonnait sur un homme effacé par une veste trop grande, un carton à dessin sous le bras.

– C'est quoi ce bordel ? demanda M. Fournier. On peut plus lire le journal tranquille dans cette maison ?

– Je fais partie du Foyer le Sacré-Cœur, récita le visiteur. Pour aider à la réinsertion des anciens prisonniers. Je voulais juste vous montrer des peintures, enfin une, c'est la seule qui reste, et j'ai fini ma journée. Vous donnez ce que vous voulez.

– Comment vous êtes entré ?

– C'est ce que je lui ai demandé ! hurla son épouse. Il dit qu'il a poussé le portail.

– Le portail est fermé. Vous avez sauté par-dessus le mur, c'est ça ?

L'autre haussa les épaules.

– Non, j'ai poussé le portail. Juste cinq minutes, regardez ce qu'on fait, vous donnez ce que vous voulez, si ça vous plaît pas vous donnez rien. Ou juste une petite pièce, pour aider.

– Ah oui ? Je vais vous aider, moi, vous allez voir, attendez là.

Fournier disparut et revint en moins de trente secondes avec un fusil. Il possédait une collection d'armes dont il ne se servait jamais. Henri et moi, un jour que nous étions seuls, en avions chargé une. Henri avait voulu tuer le gros chat rouge des voisins, j'avais mis notre amitié dans la balance, le chat rouge ou moi, et on avait fini par tuer des bouteilles. Je ne l'aimais pas plus que ça, ce chat, mais il y avait des limites.

Le type recula en voyant l'arme. Il prit ses jambes à son cou quand Fournier chargea une cartouche et tira un coup en l'air. On le vit disparaître au bout du jardin et sauter par-dessus le mur, car le portail était fermé. La mère d'Henri se baissa pour ramasser le carton qu'il avait laissé tomber. Dedans, une unique gouache. Un Christ tordu, tête sur l'épaule dans un brouillard d'épines. Tout était torve, la bouche, les yeux, les épaules, la croix, tout allait de travers dans cette crucifixion, comme le jour où c'était arrivé. Même les lettres ECCE HOMO, sous la gouache, étaient difformes.

– C'est peint par un gosse de quatre ans ou quoi ? ricana Fournier. Non mais regardez-moi ça… Et c'est quoi cette histoire d'homo ? C'est un foyer de pédales ?

Il éclata de rire. Son épouse l'imita, puis Henri. Ils pleuraient presque de joie. Je regardai le Tordu à mon tour et, puisque ça se faisait, je me mis à rire moi aussi, plus fort qu'eux encore.

Si j'étais resté chez moi, rien ne serait arrivé. La maladie m'aurait traversé sans dégâts. Elle serait allée frapper un autre crétin – le quartier n'en manquait pas – quelques rues plus loin. Mais il avait fallu que je sorte. Il avait fallu que je *rie*. Comme ce cordonnier, Ahasvérus, qui selon la légende s'était moqué de Jésus sur son chemin de croix. Ahasvérus avait été condamné à errer sur la terre jusqu'à la fin des temps.

On ne rit pas impunément de la misère d'un homme.

Le lendemain, le jour du retour de mes parents, je me réveillai avec une drôle de sensation. Un symptôme précoce, indéchiffrable. Je me traînai devant mon miroir, nu. Langue, normale. Regard, vif. Aucun signe physique de mon malaise. Les seules choses qui n'allaient pas étaient celles qui n'allaient pas d'habitude : ma moustache qui refusait obstinément de pousser et, plus grave encore, ma carrure de gringalet. Je m'entraînais pourtant chaque matin, guidé par un manuel de gymnastique callisthénique acquis par correspondance. Ce dernier promettait, avec force illustrations, de me transformer en moins de quatre-vingt-dix jours, satisfait ou remboursé, en colosse capable de corriger un malotru qui importunait une femme sur une plage. Sur le dernier dessin, la femme paraissait très reconnaissante.

Après mes exercices physiques, je me mis à mon piano. Je cherchai le rythme entendu la veille, celui des Stones. Pour tout le monde, je jouais bien. On m'exhibait souvent lors de la fête de fin d'année, au collège, et les filles me regardaient. Mais tout le monde n'avait pas entendu le vieux Rothenberg. Quand lui touchait le clavier, il racontait la douceur du Rhin un soir de printemps, les nuits de Vienne et celles de Heiligenstadt, bleu feu d'artifice, noir désespoir, le silence qui gagne, tout ce que Ludwig lui avait confié. Je ne racontais que ma médiocrité à qui voulait l'entendre.

Vers cinq heures, M. Albert sonna. Le secrétaire de mon père avait offert d'aller chercher mes parents au Bourget et m'avait proposé de l'accompagner. Nous arrivâmes à temps pour nous poster en bordure de piste, sous un vent chaud, et assister à l'approche de la Sud-Aviation Caravelle SE 210.

Comme tous les jeunes de mon âge, j'avais la passion des avions. Je débitai ses caractéristiques : « Moteurs Rolls-Royce Avon, taux de compression de 7,45 pour 1, débit massique de 68 kilogrammes par seconde. » M. Albert acquiesça, il n'y comprenait rien. Pour être honnête, moi non plus. L'avion s'aligna.

Je fus pris d'un malaise. Inexplicable. J'entendis le deuxième mouvement de la *Sonate n° 8,* je le jure. Je l'entendis comme si Ludwig la jouait, avec le *rythme*, tant la Caravelle était belle dans l'éclat du couchant, sombrant doucement dans un rêve de rivets. La musique me courba sur la rambarde, en sueur. Et la Caravelle, avec la même douceur, toucha le sol, se brisa en deux, comme ça, sans raison, se disloqua sous nos yeux, l'avant d'un côté, l'arrière de l'autre, avant de se transformer en une incroyable boule de feu. Parfaite, d'une rondeur que je sens encore aujourd'hui quand je me réveille les mains en coupe pour la retenir, pour la contenir, car je sais qu'au fond de cette boule, à cet instant-là, mes parents et mon insupportable sœur sont encore vivants, et que je ne dois surtout pas la lâcher.

Ma jeunesse se termina à 18 h 14, le 2 mai 1969, dans une polka de flammes et de vent de travers. « Angle d'incidence trop élevé combiné à une vitesse sous-évaluée ayant conduit, en présence d'un fort vent latéral, au décrochage de l'appareil. » J'appris les conclusions par cœur, il suffisait de les réciter d'un air grave pour faire cesser les questions. Ça marchait à tous les coups, sauf avec le psychologue qu'on me força à voir trois fois, et que ça parut intéresser.

– Résidence Fournier, j'écoute.

La mort de mes parents m'apprit une chose : je n'avais personne d'autre au monde. Ma mère était fille unique. Et si mon père était à moitié juif, sa famille l'avait été largement assez pour les braves fonctionnaires de Vichy. Lui-même n'avait survécu – puisque à l'époque on n'aimait pas trop ce qui était moitié – que parce qu'un voisin bien entier, au-delà de tout soupçon, avait accepté de le cacher.

– Madame Fournier ? C'est Joe à l'appareil. Joseph.

Indolore. Les experts et tous les autres, c'était la première chose qu'ils disaient. Tes parents et ta sœur n'ont rien senti.

– Allô, madame Fournier ? Vous êtes là ?

– Oui. Bonjour, Joseph. Désolée, Henri est sorti.

Les experts disaient aussi : ce n'est pas ta faute. Preuve qu'ils racontaient n'importe quoi.

– Sorti ? Mais vous aviez dit d'appeler aujourd'hui. Il sera là quand ?

– Je ne sais pas. Le mieux, c'est qu'il te rappelle.

Henri. Mon meilleur ami.

– Je change tout le temps d'endroit. Sauf la première semaine où je suis resté dans le même centre, et il a oublié de me rappeler.

On avait juré.

– Oui. Bon. D'accord. Au revoir alors, Joseph.

C'est là, à cet instant précis. Pas quand l'avion s'écrasa. Pas quand mes parents et Inès s'évaporèrent, main dans la main – j'espérais qu'ils s'étaient donné la main. Pas quand je dormis, pour la première fois, chez des inconnus. C'est seulement quand Mme Fournier me raccrocha au nez que je compris. J'étais malade. De toutes les malédictions des prophètes, de toutes les pestilences qui ravagent la terre, j'avais attrapé la pire. J'étais *orphelin* comme on est lépreux, phtisique, pestiféré. Incurable. Pour protéger les bien-portants de mes exhalaisons de souffrance, il fallait me mettre à l'écart. Simple mesure de prophylaxie, au cas où ce serait contagieux.

On me ballotta deux mois entre centres d'urgence et familles d'accueil. Je me familiarisai vite avec la hiérarchie, invisible au commun des mortels, de la grande nation des esseulés. Il y avait d'abord les vrais, les anges, ceux dont les parents étaient morts, *kaputt*, *dead*. Et les imitations : les gosses de drogués, de brutes ou d'alcooliques, dont les parents n'étaient pas morts mais incapables de les élever.

Au sein des anges, nous n'étions pas égaux. Au sommet, l'aristocratie des orphelins, la crème de la crème : les orphelins de la police. Ils avaient leurs propres foyers, on en parlait avec admiration, on évoquait à mi-voix des baby-foot et des chambres de quatre. Un cran plus bas, les orphelins de riches. Mes parents étaient aisés, mais dans ces moments-là, le genre de richesse a son importance. Seul comptait l'or patiné, celui qui se transmettait de génération en génération. Les fortunes plus récentes étaient tolérées, si vos parents avaient œuvré au bien de la Nation. Les noms à particule, les fils de vendeurs d'armes ou de hauts fonctionnaires avaient les meilleures places après ceux de la police.

Puis il y avait le reste. Moi. Avec notre richesse de chaussures et de matelas, je ne valais pas grand-chose, même si mon père s'était plusieurs fois vanté de l'affection de tel ministre pour ses mocassins à frange, de tel autre pour le rebond de ses lits. Je faisais partie du tout-venant. Les orphelins d'agents immobiliers, les orphelins d'électriciens, les orphelins de réveil aux aurores, d'interdit bancaire, les orphelins de l'argent qui manque ou qui a l'air sale, puisqu'il n'a pas la couleur bleue du sang ou du fût des canons.

C'est sans doute pour ça qu'on m'envoya là-bas. Ou par erreur. Par paresse. Je ne le sus jamais, et peu importe, le résultat est le même. Je partis pour un lieu dont vous n'avez jamais entendu parler, puisqu'il n'est pas sur Terre. Je partis pour un lieu dont vous n'entendrez jamais parler. Il est fermé depuis longtemps.

L'orphelinat Les Confins. Je dis fermé, mais chez certains, il saigne encore.

L'heure a son importance. La météo aussi. Nous avions pris le train depuis Paris jusqu'à Toulouse, accompagnés par un cadre de l'Assistance publique, un chauve qui sentait le chou-fleur, avec des auréoles sous les bras. Puis un car qui tomba en panne et n'arriva à Tarbes qu'à minuit. Là, Chou-Fleur nous confia à deux gendarmes chargés de nous conduire aux Confins.

Je voyageais avec un gars que je ne connaissais pas. Un peu plus âgé, peut-être seize ans. Très grand – presque un mètre quatre-vingts – très maigre, cheveux en brosse, il arborait un embryon de moustache, un bel effort bien noir qui forçait l'admiration. Il n'était pas muet, mais je ne l'entendis prononcer que deux mots dans sa vie, bien plus tard. Les gendarmes avaient fait le signe international, index vrillant la tempe, *pas net*. Il traînait une valise de Skaï qu'on n'avait pas pu lui enlever, parce qu'il s'était mis à gémir. Elle prenait toute la place à l'arrière. Sur la valise, un vieil âne en peluche était attaché de plusieurs tours de ficelle. L'animal rendait l'âme dans un râle de feutre, sa langue rouge tirée, ses entrailles de bourre filant par une blessure au ventre. Mais il s'accrochait à la vie, et Momo à lui.

Momo, c'était le nom de mon compagnon de voyage, gribouillé sur une étiquette attachée à la poignée. Juste Momo. Le revers de l'étiquette disait « Hôtel Intercontinental Oran ». Momo ressemblait comme deux gouttes d'eau à un gosse qui vivait au bout de ma rue, la seule famille de pieds-noirs du quartier. Toujours joyeux, toujours tristes, bruyants, juste ce qu'il fallait de vulgarité pour être attirants. Mme Fournier les accusait de faire baisser le prix du mètre carré.

Les gendarmes étaient gentils. Ils s'arrêtèrent dans un restaurant de routiers qui ne fermait jamais, un peu avant Lourdes, pour nous payer des frites. Aujourd'hui encore, je ne peux pas voir un gendarme sans avoir envie de frites, puis de le serrer dans mes bras. Quand nous repartîmes, un orage de fin du monde éclata. Une colère biblique, contre moi peut-être. Nous roulions au pas. Les gendarmes discutaient, rebrousser chemin ou continuer. « Continuez. » À l'autre bout de la radio, leur chef ne leur laissa pas le choix – il ne voulait pas s'embarrasser de deux adolescents. Je me taisais. Momo me montra une étiquette délavée accrochée à son âne, pas loin de sa blessure au ventre : on y lisait encore *Asinus*. La peluche sentait. Une odeur de tristesse jamais lavée, de cale de cargo, de samedis que l'on ne passerait plus au bord de la mer.

« C'est temporaire, m'avait dit un barbu dans un bureau orange, juste avant le départ. Tu resteras là-bas le temps qu'on te trouve une famille. Ce sera rapide, tu verras. »

La nuit bouillonnait. Débordait des montagnes, coulait dans les creux. Un éclair, de temps en temps, fixait un monde argentique. Les parois noires et granuleuses d'une gorge. La pente d'une forêt. Rouler. Momo souriait toujours, il voyait quelque chose de drôle, encore invisible à nos yeux. Son regard croisait parfois le mien. Il hochait alors la tête comme pour me dire : *Attends juste encore un peu, après la côte, après la fièvre, après l'orage, tu vas voir, tu vas comprendre, c'est vraiment très drôle.* J'ai soixante-neuf ans et j'attends toujours, mais c'est peut-être qu'il me reste encore quelques pentes à gravir.

Notre fourgonnette s'arrêta – un éboulis avait bloqué la route. L'un des gendarmes descendit pousser les pierres en râlant. L'autre alluma la radio.

21 juillet 1969. Je sus plus tard, comme le monde entier, qu'il était 2 h 56 du matin, heure universelle. Un brouillard d'interférences. Puis une voix en anglais, que je comprenais puisque mon père le parlait couramment. Celle de Neil Armstrong.

« Apparemment, la surface est d'un grain de sable très fin », traduisit un commentateur français.

Apollo 11. La retransmission en direct, sur toute la planète. J'avais étudié le plan de vol, j'en avais même parlé à Rothenberg. Mon père m'avait promis que je pourrais rester debout ce soir-là, debout toute la nuit. Cette nuit où nous repousserions, à force de tuyères et de postcombustion, la frontière des ténèbres.

– Vous pouvez monter le son, monsieur ?

– Adjudant, corrigea le gendarme.

Mais il s'exécuta, ça l'intéressait autant que moi. Son collègue était revenu, de mauvaise humeur. Il essayait de ne pas nous envoyer dans le fossé, courbé sur le volant. Des trombes sur le pare-brise, un fleuve à voir passer Moïse. La Lune, il s'en foutait.

« *I'm gonna step off the ladder, now.* » Je m'accrochai à la voix anglaise. *Je descends de l'échelle.* Un silence, des craquements. Puis la phrase qui me dit que je n'étais pas seul. « *That's one small step for man,* une pause, Neil réfléchissait, ou plutôt faisait semblant vu qu'il avait préparé sa tirade, *one giant leap for mankind.* » *Un petit pas pour l'homme...*

Le chauffeur coupa la radio.

– Non !

J'avais crié, ils me regardèrent tous d'un drôle d'air. Même Momo, qui s'était réveillé en sursaut.

– On est arrivés, annonça le chauffeur. Tout le monde descend.

Nous fûmes trempés instantanément. Loin devant nous, une porte dans la pluie. Sans bâtiment autour, un rectangle pâle dans une épopée d'eau. Momo courut en protégeant son âne. Les gendarmes finirent par s'apercevoir que je n'étais pas derrière eux. L'adjudant revint, dégoulinant et furieux, à mi-chevilles dans un magma de boue.

– Bouge, bordel ! Qu'est-ce que tu fous là, planté sous la pluie comme un idiot ?

Je ne pouvais pas lui dire, ce que je foutais planté là sous la pluie comme un idiot. Je ne pouvais pas lui expliquer que je me retenais très fort de hurler vers le ciel, par-delà l'orage, de crier de toutes mes forces pour demander à Armstrong si par hasard, au détour d'un cratère, il n'avait pas croisé mes parents et mon insupportable sœur.

Un type d'une cinquantaine d'années, un lourdaud sans cou aux yeux très écartés, nous conduisit dans les entrailles du bâtiment. L'intérieur sentait l'étude, les prières fichées dans les murs qui avaient séché là, jamais exaucées. Asinus rebondissait devant moi sur la valise de Momo. Son odeur rance me prit à la gorge, se mêla au parfum de sueur et de tabac de notre guide. Tout tournait, je faillis rendre mes frites au milieu du couloir. Le type s'éclairait avec une sorte de porte-clés lumineux, un gadget ridicule, vaguement phosphorescent – les plombs avaient sauté.

Il nous fit entrer dans un dortoir immense qui ressemblait à une crypte, séparé en deux par un rideau de velours. Des dizaines de lits alignés comme des tombeaux, chacun ourlé de son gisant. Les gisants ronflaient.

– Toi ici, dit-il à Momo. Et toi là. Je veux rien entendre.

Momo s'allongea sans enlever ses chaussures. Ses pieds dépassaient du lit.

– T'attends quoi ? me fit le type. Le déluge ? Il est déjà là. Alors couche-toi, sinon on va pas être amis.

La phosphorescence s'éteignit, les pas s'éloignèrent. Je me rappelle bien cette nuit-là, mon arrivée aux Confins. Je me rappelle le bruit qui allait rythmer ma vie pendant près d'un an. Une percussion lointaine, étouffée, un drôle de *boum* supersonique qui creusait la poitrine toutes les trente minutes et donnait l'impression que l'air allait manquer. Que quelque chose avait crevé l'atmosphère, dégonflé le monde comme un ballon. On retenait son souffle. Tout redevenait normal.

Je me rappelle avoir tourné la tête vers le lit voisin. Vide. En tout cas, il n'y avait personne dessus. Une seconde plus tard, je vis un rouquin allongé *dessous*, dans la pénombre, un adolescent de mon âge au long visage d'amphore. Il posa un doigt sur ses lèvres, *chut*, puis se rendormit.

One giant leap for mankind.

Quelques jours plus tard, Neil Armstrong, Buzz Aldrin et ce troisième homme dont tout le monde a oublié le nom – d'ailleurs, on l'appelle souvent comme ça, le « troisième homme » – rentrèrent en héros. Un pas de géant pour l'humanité, c'est sûr, ça sonnait bien. Il plut des confettis. Et les tubas rugirent, les femmes s'évanouirent. Leurs sourires américains, leurs dents blanches, leurs gueules de héros à l'arrière de décapotables longues à s'y allonger, ou à s'y faire tuer. De moi, personne ne parla.

Je mérite ma part de gloire, pourtant. Je suis allé sur la Lune, ce 21 juillet 1969. Je le jure. Je suis allé sur la Lune, et bien plus loin encore, et j'en suis revenu. Tout le monde l'ignore. Tout le monde s'en fiche.

Elle n'intéresse personne, l'humanité des petits pas.

Il faudra, de nos jours, demander votre chemin. Au bar-tabac, par exemple, s'il existe encore. On vous indiquera la route à la sortie du village, le dernier de cette vallée des Pyrénées. Vous passerez quelques maisons au front bombé, indifférentes, constaterez que oui, la route continue. Vous songerez qu'elle doit être effrayante par une nuit d'orage. Qu'il vaut mieux ne pas y monter quand il pleut, ne pas y monter à quinze ans, ne pas y monter sans ses parents.

Si vous êtes curieux, si vous n'êtes pas là par hasard, vous ferez peut-être remarquer : *Tout de même, vous deviez bien savoir, quand les gosses descendaient au village pour Noël, ou le 14 juillet.*

C'est impossible à ne pas voir, la misère. Les villageois vous répondront, à supposer qu'ils se souviennent, à supposer que ceux de cette époque soient encore vivants, que non, on ne voyait rien, les gosses avaient l'air contents d'être au village, ils achetaient même des choses avec leurs économies, tout ça, c'est du passé, et qu'est-ce que vous avez donc à poser tant de questions ?

Vous emprunterez la route, sur dix kilomètres environ. Un panneau vous arrêtera. On y distingue encore, malgré les pluies acides et les décharges de plomb, l'inscription *Direction départementale des Aff...*, en attente d'être gobée par la rouille. Puis les mots *Les Confins*, intacts – la rouille y a goûté et les a recrachés.

Faute d'entretien, le chemin depuis le panneau n'est plus carrossable. Il faudra marcher jusqu'à l'ancien prieuré, que l'on appelait autrefois Saint-Michel-de-Geu. Vous vous demanderez en le découvrant comment ils ont pu construire là, dans ce fond de vallée. Tout vient buter contre une paroi de cent mètres : le vent, la route, le pays même, puisque au-delà c'est l'Espagne. Vous admirerez la prouesse, le décaissement d'un espace assez vaste pour confier la vieille bâtisse à la montagne, à la fin du dix-huitième siècle. Vous admirerez moins, si vous avez du goût, le bâtiment ajouté en 1959 sur l'un des côtés, là où les enfants avaient cours.

Vous vous demanderez aussi ce qu'avaient à se reprocher ceux qui ont élevé ces murs. On ne bâtit pas si sombre, si dur sans une bonne raison. C'était à cause, auraient-ils expliqué, d'un type tout nu dans un jardin et d'une histoire de pomme. Et encore, s'il n'y avait eu que le type et la pomme, rien ne serait arrivé. Mais il y avait eu une fille, toute nue elle aussi, et allez résister à une fille toute nue. Alors les hautes fenêtres qui laissaient prise au vent. Alors l'ardoise coupante, les échos infinis, l'église glaciale printemps, été, automne, hiver, glaciale du soir au matin.

Le long du vieux prieuré, quelques terrasses émoussées tentent d'apprivoiser la pente. On distingue encore l'ancien potager. Loin en contrebas, la dernière terrasse longe une voie ferrée désaffectée qui disparaît dans la broussaille. Il suffirait de dégager les prunelliers, les ronces, les genêts, ce qui représenterait tout de même un certain effort, pour découvrir un tunnel désaffecté. Un chef-d'œuvre du génie civil, cinq kilomètres volés à la montagne entre la France et l'Aragon.

Vous vous aventurerez peut-être dans le bâtiment principal, ignorant le panneau *Danger, amiante*. Vous n'y trouverez rien. Ou juste une feuille ronéotypée, punaisée sous une vitre fendue près de la porte d'entrée. Illisible, à part quelques mots : « 5 h 45… jeux collectifs… Sainte Parole… Vercors ».

L'endroit est calme, presque beau quand il fait soleil. Ce qui frappe, c'est le silence. Un silence d'oraisons et de couloirs qui ne mènent jamais deux fois au même endroit. J'ignore ce que vous viendriez faire là, à part vous cogner contre le granit. Vous finirez par rebrousser chemin, vos questions en bandoulière, si vous en aviez.

Tout est dans le nom. Après Les Confins, il n'y a plus rien.

5 h 45 – lever

6 heures – toilette

6 h 30 – laudes (office du matin)

7 heures – petit déjeuner

8 heures-11 heures – cours

11 heures – récréation (à consacrer au choix à : jeux collectifs dans le calme, lecture, prière)

12 heures-13 heures – déjeuner

13 heures-16 heures – cours

16 heures – temps personnel (à consacrer au choix à : étude, prière, correspondance, ou sieste pour les plus petits)

17 heures-19 heures – corvées communes

19 heures – dîner et lecture de la Sainte Parole

20 heures – action de grâce
20 h 30 – couvre-feu

– En période de vacances, les cours sont remplacés par des activités éducatives en extérieur, si le temps le permet, dont le programme sera affiché ci-contre.

– Tout élève désireux de se rendre dans le centre de loisirs de la DDASS du Vercors pour les vacances d'été est invité à déposer une demande dès le début de l'année, les places disponibles étant en nombre limité.

– Il est interdit de courir dans l'enceinte de l'établissement. Il est interdit de sortir sans autorisation et sans la supervision d'un adulte. D'une manière générale, aucun comportement susceptible d'entacher la réputation des Confins ne sera toléré. Une tenue convenable est exigée en toutes circonstances. Tout manquement au règlement sera puni.

La direction des Confins, le ministre de l'Éducation nationale et le diocèse vous souhaitent une très sainte année scolaire 1969-1970.

Momo et moi n'avions pas échangé un mot depuis que nous avions fait connaissance. Je lui parlai pour la première fois le matin, dans la cour de l'orphelinat.

– Casse-toi.

Je n'avais presque pas dormi. Réveillé à l'aube par un coup de sifflet, j'avais imité les autres. Debout près du lit, tandis que l'homme qui nous avait accueillis, et qu'on appelait Grenouille, passait dans les rangs avec l'air de chercher quelque chose. Les lits étaient numérotés, une plaque d'émail blanc vissée sur le cadre de bois. J'étais le numéro 54. Ma valise avait disparu, celle de Momo aussi. On ne lui avait laissé que son âne.

– Vous avez tout ce qu'il faut là-dedans, avait dit Grenouille, désignant un coffre au pied de nos lits. Faites durer.

Il ignorait que je n'étais pas là pour longtemps, un *temporaire*. Deuxième coup de sifflet, course au lavabo. Seuls les premiers avaient de l'eau chaude. Gros savons jaunes de colonie de vacances, ceux qui tournent sur une tige de métal. Un savon de pauvres, dégueulasse. Eau tiède sur la figure. Comme les autres, j'avais enfilé une chemise blanche et un short ridicule tirés de mon coffre, puis les godillots qui allaient avec. Si j'étais arrivé habillé comme ça au lycée, je me serais fait tabasser.

– Ils les ont achetées où ces fringues ? j'avais ricané. Au dix-neuvième siècle ?

Silence. Personne ne m'avait adressé la parole de la matinée. Personne ne parlait à personne. Au petit déjeuner, du pain trempé dans une soupe chocolatée et un quart de café, même pour les petits. Nous étions une quarantaine, de cinq à dix-sept ans.

Coup de sifflet. Quitter le réfectoire. Momo me suivait en compagnie d'Asinus. Sifflet, encore. « Chanter au seigneur un chant nouveau », avait entonné la troupe. Bouger les lèvres pour faire semblant. « Car il a fait des merveilles… » Le groupe s'était scindé en deux, j'avais suivi les plus vieux. Une nonne affable, sœur Hélène, avait annoncé avec douceur :

– Je remplace notre bon père pour son cours de français.

Je n'étais pas préparé au contrôle qui nous était tombé dessus. Momo avait passé l'heure à regarder sa feuille en souriant, sans rien écrire. La classe des grands était aménagée sous les voûtes de l'ancienne salle capitulaire. Une pièce immense, au plâtre eczémateux, où flottaient trente bureaux de guingois, comme dérangés par un choc violent. On y gelait en permanence. Une monstrueuse cheminée aspirait la chaleur l'été, crachait de la neige l'hiver.

Je ne compris les raisons de mon impopularité qu'à la récréation. Un gars de haute taille approcha, mains dans les poches. Il regarda Momo qui me suivait partout depuis le matin, avec sa peluche qui sentait.

– C'est ton frère ?

– Non, je le connais pas.

– Il est mongol ou quoi ? Il sourit toujours comme ça, comme un débile ?

Momo sourit.

– Ouais, je répondis du même ton. Il est débile.

– Regardez les gars, le débile a des taches sur ses grolles. On va lui cirer.

Le type se racla la gorge et fit couler un filet de salive sur les chaussures de Momo. Ses acolytes l'imitèrent. Momo se tourna vers moi, les yeux pleins de bruit et de questions qui ne sortaient jamais, coincées derrière ses lèvres. Comme les autres avaient l'air d'attendre quelque chose, je bavai à mon tour sur ses chaussures. Et pour bien faire comprendre à ces gars-là que j'étais des leurs, je me penchai vers Momo :

– Casse-toi.

Je savais bien que ce n'était pas sa faute, à Momo, s'il était demeuré. Demeuré loin d'ici, dans un pays de jasmin où ses yeux d'ocre faisaient tomber les filles. Pas sa faute s'il avait fallu partir d'un coup, sans dire au revoir aux amis. Vite, vite, s'en aller, laisser la mouna dans le pétrin, quelqu'un d'autre la finirait, vite, vite, boucler les valises, abandonner la maison et les souvenirs, et on s'apercevrait trop tard, sur le bateau pour Marseille, qu'à force de faire vite on avait oublié la tête de Momo. Il n'avait rien demandé, lui, le petit pied-noir qui pêchait les oursins.

Il ne bougea pas, et je répétai :

– Casse-toi, putain !

Cette fois, Momo se cassa. En deux. Il tomba raide devant nous, plié à la taille. Je n'avais jamais vu une crise d'épilepsie. Grenouille, qui nous surveillait tassé dans un coin de la cour, avait dû en voir beaucoup : il bondit, le souleva comme un sac et disparut avec lui dans le bâtiment.

À cause de la crise, Momo avait cessé de sourire. Mais il n'avait pas lâché Asinus, pas une seconde. Même quand le surveillant le jeta sur son épaule, Momo continua de serrer de toutes ses forces son royaume de peluche.

– T'as vu *Mary Poppins* ?

Le gamin qui me tirait par la manche devait avoir huit ou neuf ans. Un mioche, mais il fallait bien que je m'en contente. Nous tournions en rond dans la cour, par petits groupes ou seuls, quarante-trois gosses qui ne projetaient pas d'ombre. Certains jouaient au foot. Ils ne m'avaient pas invité dans leur équipe idiote où personne ne savait qui était l'adversaire. Tant mieux. Si je me cassais la main ou le bras, je pouvais dire adieu à la musique.

– T'as vu *Mary Poppins* ? répéta le gamin.

Drôle de visage d'adulte rétréci, coincé entre des oreilles comme des anses. Un reste de coquard à l'œil gauche. Les dents de devant séparées, de quoi y faire passer la Patrouille de France.

– *Mary Poppins* ? Non.

– Pfff, il répondit.

– Eh, attends ! Comment tu t'appelles ?

Sa tête m'arrivait au nombril, mais je jure qu'il me toisa avant de me faire l'aumône de son nom.

– Souzix.

Il rejoignit un groupe de grands, constitué du gars qui dormait sous son lit et de deux autres types, l'un gras, l'autre efflanqué. Ces trois-là avaient mon âge. Je crus qu'ils allaient repousser le petit, se moquer de ce troufion, de ce sans-grade, de son audace à vouloir entrer dans leur cercle d'officiers où l'ombre d'une moustache, un bouton d'acné tenaient lieu de galon. Mais ils l'accueillirent comme l'un des leurs, se penchèrent vers lui pour discuter, un œil dans ma direction. Puis ils éclatèrent de rire.

Quand je voulus les rejoindre, ils tournèrent les talons.

Le bruit n'avait pas cessé. Celui que j'avais entendu en arrivant, le *boum* supersonique. Il continuait, toutes les trente minutes. J'étais le seul à sursauter chaque fois.

Dix-neuf heures, sifflet, mon premier dîner aux Confins. Une tranche de pain grillé couverte de moelle fondue et de gros sel. Mines réjouies. Pour eux, c'était bon. Je ne pouvais pas avaler un truc si gras. Dans un coin de la grande salle, un tout-petit ânonnait un passage des Écritures, les autres mangeaient en chuchotant. Soudain l'atmosphère changea. Une porte avait grincé. Le lecteur se redressa, son ton s'affermit. Les têtes se courbèrent sur les assiettes, on posa les couverts.

Boum supersonique, lointain.

C'est là que je le vis pour la première fois. La mâchoire était forte, rasée de près. Les tempes encore noires, le bas du visage un peu lourd, le cou liseré de rouge par le col de la soutane, qu'il aurait fallu élargir. Il était coquet, à sa façon, aimait s'imaginer qu'il avait encore sa silhouette de vingt ans. Tout le monde se taisait, les orphelins, les spectres, les moines sanglants qui hantaient les couloirs en agitant leurs chaînes. Il prit place au bout de la table.

– Bonsoir, les enfants. Mgr Théas vous remercie pour vos dessins – il sourit aux petits – et vos lettres – il regarda les grands. Il vous envoie sa bénédiction. Vous pouvez manger.

Sa voix était douce, une voix d'alto inattendue chez ce baryton d'homme. Je repoussai ma chaise et remontai la table en silence. Je surpris le regard égaré d'un gamin. Quarante-deux fourchettes suspendues.

J'étais athée, mais bien élevé. Je savais parler à un prêtre, même intimidant, même en soutane. Je savais placer des « mon père » où il le fallait. Il leva les yeux, surpris. « Bonsoir mon père, voilà, je suis arrivé hier, je suis un temporaire, est-ce qu'il y aurait une chambre à part s'il vous plaît mon père, et serait-il possible d'avoir une salade en entrée, quelque chose de simple, mais d'équilibré ? »

Grenouille fit un pas vers moi. L'abbé leva un doigt, le surveillant s'arrêta.

– Si tu nous lisais la Sainte Parole ?

Le même doigt bougea, le petit récitant libéra le lutrin pour aller s'asseoir. L'abbé me regardait en souriant. Mais ses yeux. Ils débusquaient le péché. La signature de mes parents, que j'avais imitée sur mon carnet. Les billets subtilisés dans le portefeuille de ma mère. Je lui obéis sans réfléchir avant qu'il ne voie le reste. Je lus « Étienne, rempli du Saint-Esprit, fixa les regards vers le ciel », je ne comprenais rien à ce que je racontais. Quand j'eus fini la page, l'abbé me fit signe de continuer, et encore, et quand il annonça : « Ça va, maintenant », le dessert était passé, la table débarrassée. Je n'avais rien mangé.

L'abbé se leva, joignit les mains. Quatre-vingt-quatre mains firent de même, quatre cent vingt doigts entrecroisés pour rendre grâce. Sifflet. La file s'ébranla en direction du dortoir, sauf ceux qui étaient de corvée de vaisselle.

– Pas toi, me dit le prêtre.

Boum supersonique, lointain.

Il rouvrit la bible. De près, l'homme paraissait moins grand, plus noir. Une noirceur qu'il cultivait – il se teignait les cheveux. Ce visage sans âge, ce bel ovale à peine épaissi par la mâchoire trop large, s'opposait exactement à celui de

Rothenberg, de pointes et de plis. Pourtant le premier inquiétait, le second rassurait. Tout se jouait dans le regard. Candeur délavée chez mon vieux maître, gris de lame chez le prêtre.

Il m'indiqua une chaise dans le réfectoire vide.

– Tu sais pourquoi tu es là, aux Confins ?

– Mes parents...

– Oui ?

– Je n'ai plus de parents.

– Détrompe-toi.

L'abbé poussa sa bible vers moi, tapota un passage.

– Lis. Psaume 68:6.

– « Le père des orphelins, le défenseur des veuves, c'est Dieu dans sa demeure sainte »...

– Continue.

– « Dieu donne une famille à ceux qui étaient abandonnés, il délivre les captifs et les rend heureux ; les rebelles seuls habitent des lieux arides. »

La phrase était soulignée au crayon.

– Les rebelles seuls habitent les lieux arides, murmura le prêtre.

Il soupira, me posa une main sur l'épaule.

– Je suppose que tu as faim, maintenant ?

– Oui, mon père. Très faim.

– Bien. Nourris-toi du Seigneur.

Ce soir-là, pour la première fois de ma vie, je priai. Après avoir regagné ma crypte, après m'être allongé sur le lit 54, les mains sur la poitrine comme tout bon gisant, j'appelai de mon royaume pulvérulent, de ma lune grise du bout du monde. Et puisque mes parents ne m'avaient pas donné de dieu, puisque je ne pouvais pas parler à Beethoven – on ne dérange pas un génie pour si peu –, je m'adressai à un autre héros, un autre dieu, dont c'était peut-être le boulot de m'écouter.

Ici lit 54. Ici lit 54.

Répondez, colonel Michael Collins.

Michael Collins, le troisième homme. Celui dont personne ne retiendra le nom, le véritable héros d'Apollo 11. Pendant que les autres cabriolaient au ralenti pour les caméras de télévision, pendant qu'on poinçonnait déjà les confettis à trois cent quatre-vingt-quatre mille kilomètres de là, Michael Collins tournait autour de la Lune à bord de *Columbia*. Il attendait, dans un cône de métal et de Kapton lancé à 5 700 kilomètres-heure, le moment le plus délicat de la mission, celui dont la télévision n'a pas parlé : l'instant où il devrait récupérer ses camarades quand ils remonteraient de la surface, en un point de l'espace gros comme une tête d'épingle. La moindre erreur de sa part, les nerfs qui flanchent, un doute, un calcul erroné, et *Columbia* percuterait le module lunaire, ou le manquerait. On aurait poinçonné les confettis pour rien.

À chaque orbite, Michael Collins disparaissait pendant quarante-sept minutes. Évanoui, escamoté. Il survolait la face cachée de la Lune. Soixante-quinze mille milliards de milliards de tonnes de pierre grise entre la Terre et lui. Quarante-sept minutes sans la moindre possibilité de communication avec le reste du monde. Quarante-sept minutes de silence, quarante-sept minutes d'encre. Une solitude telle que nul homme n'en avait connue depuis Adam, comme la NASA l'expliquerait le 24 juillet 1969 sur toutes les radios du monde.

Ici lit 54. Ici lit 54.

Répondez, Michael Collins.

Michael Collins ne répondit pas. Pas cette fois-là.

Le personnel, les petites mains, les ombres. Les employés des Confins, les rouages qui faisaient tourner cette grosse machine de sa chaudière infernale à ses tuiles d'ardoise, c'était nous, les pensionnaires. Corvée de sol, de bois, de laverie, de cuisine. De mauvaises herbes, de plonge, de cirage. Tout était organisé pour permettre à l'orphelinat de fonctionner avec un minimum de main-d'œuvre extérieure. Chaque orphelin exécutait une corvée quotidienne. Environ deux heures, entre cinq et sept, quel que soit son âge.

À la tête de l'établissement, l'abbé Sénac se chargeait de la plupart des cours. Il ne renâclait pas non plus à la besogne, lorsque son ministère ne l'appelait pas à l'extérieur pour célébrer une messe ou administrer les derniers sacrements à un maladroit qui s'était fait écraser par son tracteur. Il n'était pas rare de le voir, manches de soutane retroussées, fendre des bûches derrière l'appentis, la soixantaine encore vigoureuse. Des dominicaines montaient régulièrement d'un couvent des alentours de Lourdes, à une heure de route, pour quelques heures ou quelques jours. Trois d'entre elles disposaient d'une chambre permanente aux Confins. Sœur Hélène enseignait les mathématiques. Sœur Albertine était chargée de la cuisine, sœur Angélique, de l'infirmerie. Si on en croisait une dans les couloirs, mieux valait marmonner un vague « Bonjour ma sœur » plutôt que de hasarder un prénom. Sous leur habit blanc et noir dont ne dépassait que leur visage, l'une pouvait passer pour l'autre. Parfois une novice apparaissait que personne n'avait jamais vue, fraîchement convertie, encore tremblante de renoncement. Elle ne tardait pas à gagner cette dureté d'œil qui caractérise la foi, la vraie. Certaines religieuses, comme Angélique, étaient plus gentilles que d'autres. Il ne fallait pas s'y tromper. Si Sénac leur avait annoncé que nous étions tous possédés par le démon, les sœurs nous auraient sans sourciller arrosés d'essence avant de se battre pour les allumettes.

Seuls trois laïcs travaillaient aux Confins : Grenouille, le surveillant général, Étienne, l'intendant, et Rachid, notre professeur d'éducation physique. Le temps et la distance ayant adouci mes souvenirs, je dirai que Grenouille était un salopard de première, un fumier, une crevure. Étienne épuisait une retraite solitaire et bourrue entre jardinage, réparations de clôture, marmonnements incohérents et bitures épiques dans sa cabane au fond du jardin. Rachid était quelqu'un de bien, et je ne dis pas ça parce que je l'ai vu casser la gueule à Grenouille. Ou peut-être que si.

Le deuxième matin, j'avais compris la routine. Les coups de sifflet, les inspections, tout le cinéma. Momo était revenu de l'infirmerie, il évitait mon regard. La seule nouveauté fut que quand Grenouille passa dans les rangs en ayant l'air de chercher quelque chose, il poussa un cri de joie de l'autre côté du rideau de velours qui séparait la section des petits de celle des grands. Il réapparut, soulevant un Souzix terrorisé par l'oreille, un drap mouillé de jaune pendant de son autre pogne, son trophée de chasse. Tout le monde baissa les yeux, moi le premier.

Au petit déjeuner, l'abbé suivait la cuisinière qui nous versait sa bouillie. Mains dans le dos, les yeux brûlants de vertu, il cherchait le col mal boutonné, le pli malvenu, la tache malheureuse, le mal tout court. Lorsque la sœur arriva à ma hauteur, il arrêta sa louche d'un geste doux.

– Pas pour lui.

La cuisinière me dépassa. Je mourais de faim, c'était le second repas que je sautais. Le regard du garçon qui dormait sous son lit – on l'appelait Fouine – croisa le mien. *La ramène pas.*

Dès que l'abbé s'éloigna, quelqu'un toucha mon genou. Sous la table, mon voisin, un type que je ne connaissais pas et que je ne connus jamais, car il partit un mois plus tard, me tendait la moitié de son pain.

Parmi les méthodes pédagogiques déployées pour notre édification, l'une des plus utilisées était connue, parmi les anciens des Confins, sous le nom de « cape de pisse ». J'assistai à ma première deux jours après mon arrivée, assis près de la fenêtre pendant que sœur Hélène infligeait Pythagore à un auditoire indifférent. Souzix passa dans la cour, suivi de Grenouille. Le gamin était nu, enveloppé dans son drap trempé d'urine. Il marchait, les lèvres bleues, super-héros en berne. Il faisait froid de bon matin, à mille mètres d'altitude. Il tournerait longtemps, Satan déconfit, jusqu'à ce que la cape sèche. Il apprendrait une bonne leçon et s'il recommençait, c'était vraiment qu'il le cherchait. Là, il faudrait sévir.

Souzix revint en classe après la récréation, le regard planté droit, loin, ignorant les « pisseur ! » et les « mouillette ! » ricanés sur son passage, repris en une fugue féroce qui ne se tut que lorsque l'abbé entra. Sénac rendit les copies de la veille, s'arrêta un instant près de Momo qui dessinait, avant de lui tendre, sans un mot, sa feuille demeurée blanche. Puis il se tourna vers moi, sans me rendre mon devoir.

– Après la classe. Dans mon bureau.

Il fit signe à Souzix.

– Tu l'amèneras.

Le cours reprit dans un silence épais. Quelques regards curieux me cherchèrent, pas tous bienveillants, lourds de cette curiosité poisse des jours de corrida. Quand la cloche sonna, Souzix me précéda d'un pas ample de croque-mort jusqu'à une porte au premier étage. Il vérifia sa tenue, cracha dans sa main pour aplatir ses cheveux. Au moment de frapper, il se ravisa.

– Tes parents, ils sont où ?

– Ils sont morts.

– Morts, il répéta.

– Oui. *Kaputt. Dead.* Morts.

– Morts de quoi ?

– Angle d'incidence trop élevé combiné à une vitesse sous-évaluée ayant conduit, en présence d'un fort vent latéral, au décrochage de l'appareil.

– Hein ?

– Ils ont explosé. Je t'en pose, des questions ?

– Ils étaient sévères ?

– Un peu.

– Quand même, murmura Souzix en secouant la tête, ça devrait pas exploser, des parents. Même s'ils sont un peu sévères.

Il frappa, le battant grinça sur une pièce vide. Souzix se mit au garde-à-vous près de la porte.

– Faut attendre. Tu vas demander le Vercors cette année ?

– Le Vercors ?

– C'est la meilleure colonie de vacances de la DDASS. Enfin je crois, parce que j'ai jamais été pris tellement qu'il y a de monde qui veut y aller. Soixante places pour tous les orphelinats de France. Il paraît qu'il y a une *piscine* avec des bouées plus grosses que toi et, en face du centre, une *pizzeria.* Je me suis réinscrit pour l'année prochaine, et l'abbé, *monsieur* l'abbé, a dit que j'avais une chance cette fois, si je me tenais à carreau… Eh, mais où tu vas ?

Au fond de la pièce, là, sous une fenêtre haute. Le premier que je voyais depuis deux mois. Un vieux piano droit, au bois terne. Un piano qui en avait entendu, des imprécations, des colères, des fausses notes. Un piano dont on avait rabattu le couvercle avec rage, qu'on avait ignoré, déménagé, bougé contre ce mur-ci puis ce mur-là, désaccordé, réaccordé, failli donner, donné. Un piano, un vrai.

Je soulevai le couvercle. Pas de poussière sur le clavier.

– Touche pas ! chuchota furieusement Souzix. C'est à l'abbé ! *Monsieur* l'abbé, corrigea-t-il, roulant des yeux effarés.

Mes doigts flottèrent sur l'ivoire. Je ne voulais pas d'ennui. Je jouai tout le doigté de la n° 24 – le dernier devoir que m'avait donné Rothenberg –, second mouvement, sans toucher le piano. Et là miracle, j'entendis la musique, claire, triomphante, aussi sûrement que Beethoven.

– Bravo.

L'abbé se tenait près de Souzix, une main sur l'épaule du gamin pétrifié. Mes doigts étaient fermement enfoncés dans le clavier, le dernier accord résonnait encore dans la pièce tant j'avais joué fort. Je jure que je n'avais pas voulu appuyer. Je ne me rappelais pas l'avoir fait. Des applaudissements étouffés montèrent du rez-de-chaussée.

– Je lui avais dit de pas toucher…

L'abbé contourna son bureau.

– Tu joues très bien.

– Il… il paraît que non.

– Qui t'a dit ça ?

– M. Rothenberg, mon professeur de piano.

– Rothenberg. Je vois.

Je ne voyais pas ce qu'il voyait, comme ce fut souvent le cas durant mon temps là-bas. Sénac sortit mon devoir de sa poche, le parcourut.

– Ta dissertation d'hier. « Racontez votre dernière rencontre avec Dieu. » Tu as écrit une lettre de trois pages à un certain… *Collins* ? Tu lui demandes si tu peux le rencontrer. Quelque chose m'échappe.

– C'est un astronaute.

– Ah. Je comprends mieux cette allusion à… « la face cachée de la Lune », deuxième page. Intéressant.

Il reposa ma copie, tapota ses lèvres de deux doigts joints.

– Tu te crois sans-dieu. Hérétique, provocateur. Mais tu cherches. Tu *appelles*. Tu es exactement comme saint Jean de la Croix, tu le connais ? Un immense mystique. Lui aussi cherchait, du fond de ce qu'il appelait sa « nuit obscure ». Nuit obscure, face cachée de la Lune, tu vois où je veux en venir ?

Non. J'acquiesçai.

– J'ai étudié ton dossier, Joseph. Je pense que toi et moi avons pris un mauvais départ. Puisque tu te sers si bien de tes dix doigts, je me demande si nous ne pourrions pas mettre à profit tes talents.

– Bien sûr, merci, monsieur. Mon père. Je joue du piano, et je pourrais aussi jouer un peu d'orgue si je m'entraîne. Mais il me faudrait des partitions et…

Du menton, l'abbé désigna une lourde machine à écrire sur un meuble. Les lettres HERMES 3000, sur son capot gris, le *3 000* un peu incliné, surtout, annonçaient la mort du stylo-plume. Promettaient à l'utilisateur un avenir radieux, un monde de voitures volantes que l'on piloterait sans taches d'encre au bout des doigts.

– Tu t'es déjà servi de ça ?

– Jamais.

Il m'expliqua le fonctionnement de l'engin. Puis il ouvrit une bible de cuir et me dicta le début de la Genèse. Mon habitude du piano fit de moi un secrétaire à peu près compétent en moins d'une heure.

– À partir d'aujourd'hui, tu es dispensé de corvées. Tu viendras tous les soirs entre cinq et sept. Tu taperas tout mon courrier. Je suis en correspondance constante avec d'importants donateurs, le diocèse, l'administration… Tu vas me faire gagner beaucoup de temps. Mais tu ne devras toucher à rien d'autre qu'à cette machine, compris ?

– Même pas au piano ?

– Surtout pas au piano. Je veux ta parole.

– Je promets. Mais pourquoi ?

– Quand Pilate condamna Jésus à la croix, tu crois que le Christ lui demanda pourquoi ?

Je n'en savais rien, moi, de ce que le Christ avait demandé ou pas. Du peu que je connaissais de l'affaire, je ne lui en aurais pas voulu s'il avait posé la question. On se serait peut-être aperçu qu'il s'agissait d'une erreur judiciaire, on aurait évité la catastrophe et on en aurait ri plus tard, autour d'un bon vin et de poissons multipliés.

L'abbé tressaillit en s'apercevant que Souzix était resté figé près de la porte, dans l'ombre d'une armoire.

– Tu es encore là, toi ?

– Oui, monsieur l'abbé, je voulais juste vous dire, c'est pas ma faute si Joseph a touché votre piano.

– Disparais. Et ferme la porte.

– Au sujet de mes vacances dans le Vercors…

– Disparais, je te dis !

Souzix fila. L'abbé me tendit la main, retint la mienne quand je la pris.

– Beaucoup de nos enfants viennent de milieux difficiles. Ce sont des rebelles, des têtes de mule. Tu es différent, je le vois bien. Mais méfie-toi du péché d'orgueil. Il en a terrassé de plus grands. D'être mon secrétaire ne te rend pas supérieur à tes camarades. Ce privilège fait au contraire de toi le plus petit parmi les petits. Rappelons-nous les paroles du Sauveur : quiconque s'élève sera abaissé, et quiconque s'abaisse sera élevé.

– Amen, fit la voix de Souzix derrière la porte.

Une tourterelle blessée. Mon insupportable sœur l'avait trouvée dans la forêt où les chasseurs hurlaient, juste derrière la résidence des Fournier. Inès avait crié, Henri et moi l'avions ignorée. Nous venions d'allumer un Partagas subtilisé à son père, en bons révolutionnaires, et la révolution nous avait d'abord fait tourner la tête, puis donné envie de vomir. Quand mon insupportable sœur avait crié une seconde fois, il avait bien fallu aller voir.

La tourterelle était tombée trop loin des autres, dans un silence de plomb. Personne ne l'avait ramassée. Les chasseurs en avaient assez dans les besaces, de ces bêtes-là, plus qu'ils n'en mangeraient. Les chiens rentraient déjà, les quatre-quatre démarraient. La forêt sentait le diesel et le vin. L'oiseau nous regardait en tremblant. J'avais voulu la toucher, faire quelque chose, Inès avait retenu mon geste.

– Tes mains sont pleines de terre.

Elle avait appris qu'on ne touchait pas quelque chose de blanc, de fragile – la nappe des jours de fête, les robes Dior de maman, les sièges crème de la voiture – sans se les laver avant, tournant et retournant soigneusement le gros savon entre ses doigts malhabiles, jusqu'à ce que l'eau coule claire.

J'espère que ceux qui ont ramassé Inès, quand elle a perdu ses ailes, n'avaient pas les mains sales.

L'abbé me dictait quotidiennement ses courriers. Parfois nous dépassions l'heure. Je dînais alors après les autres, ce qui faisait de moi un orphelin haut de gamme. On ne m'adressait toujours pas la parole mais, au moins, on répondait à mes questions. Mon statut de secrétaire éveillait un vague respect. Ou de la crainte – aux Confins, c'était la même chose.

Sénac me surprit un soir regardant le piano, les doigts suspendus sur ma Hermès 3000. Si ce piano me distrayait tant, annonça-t-il, il le ferait enlever. Je n'étais pas là pour faire de la musique.

– Je n'ai pas demandé à être là, répondis-je.

Il se tourna vers moi, lentement. Ses yeux me

battirent, me rouèrent, un tremblement infime parcourait ses mains. Mais il parla d'une voix calme.

– Personne n'a demandé à être là. Tape. « En vous remerciant de nouveau pour votre générosité, cher Monsieur, au nom des enfants et de moi-même », et tu signes, « Votre frère dans le Christ », tu connais la suite.

Je lui tendis la lettre, frémissant d'indignation. Il la signa, me congédia d'un geste sans redresser la tête.

– Joseph, dit-il au moment où j'allais sortir.

– Oui ?

Son sourcil monta.

– Oui, monsieur l'abbé ?

– La musique peut être un pas vers Dieu. Le *dernier* pas, lorsque l'on est tout proche. Pour toi qui es loin de Lui, c'est une distraction. Un leurre, une tentation.

– Mais Beethoven…

– Beethoven ne croyait qu'en lui-même. Et Dieu, qui est sage, s'est dit qu'un homme qui ne l'écoutait pas pouvait bien finir sourd, pour ce que ça changeait.

Le week-end venu, je fis la connaissance du dernier employé des Confins. Rachid, le professeur d'éducation physique, habitait un village voisin, où sa femme et lui avaient repris une vieille ferme. Il avait participé, à dix-huit ans, en 1959, au premier Championnat du monde de culturisme amateur. Colosse un peu trapu – ce qui lui avait valu une relégation à la vingt-deuxième place –, il nous donnait cours trois fois par semaine. Le dimanche, il se portait souvent volontaire pour notre sortie hebdomadaire. Nous descendions à la queue leu leu le long de la route, Sénac en tête, Grenouille en queue, en chantant des psaumes. Après trois kilomètres, un sentier s'offrait comme un appât. Nous montions à travers la forêt jusqu'à un alpage : un pré ceint d'un cirque granitique, comme Les Confins, mais ouvert, ensoleillé, et je jure que ces moments-là ressemblaient à de la joie. L'épouse de Rachid, Camille, venait parfois avec nous. Elle portait leur bébé, un nouveau-né qui savait tout, le Maroc de son père, la Bretagne de sa mère, les ciels empilés derrière celui qu'on voyait. Il savait tout et commençait à l'oublier.

Sénac était un amoureux de la nature, et seules les conditions les plus extrêmes empêchaient ces sorties. Il vouait une tendresse toute franciscaine aux oiseaux. Il n'était pas rare de le voir verser une larme sur un oisillon tombé du nid, pépiant sa détresse. Un oisillon qu'il refusait de nous laisser ramasser, puisque « Dieu ne l'avait pas fait tomber pour rien ». Il ne sortait jamais sans une lunette au métal écaillé qu'il portait accrochée par une lanière de cuir autour du cou, et qu'il pointait soudain dans une direction ou une autre en marmonnant un nom à la sonorité barbare, ou pour détailler, l'œil collé à sa lentille, des acrobaties plumeuses dont nous n'avions que faire. C'étaient bien les seuls moments où nous l'ignorions, et où il s'en moquait.

Camille posa son bébé dans l'herbe, ce dimanche-là, une semaine après mon arrivée. Quarante-deux rois mages firent cercle. Camille portait une robe à fleurs dont dépassaient ses jambes, une poitrine pleine de vie. Tant de vie que c'en était presque trop, je le voyais aux visages congestionnés de bonheur, je le sentais aux battements de mon cœur, au sang qui bouillait en des lieux interdits. Rachid ne disait rien, il savait bien qu'on n'userait pas Camille à la regarder. Et que s'il se trompait, si on l'usait un peu, il lui en resterait assez.

Chacun pensait que lui aussi voudrait bien l'une de ces étranges créatures, un bébé, un jour. Ou une fille comme Camille pour mettre à son bras. Ou la force de Rachid. L'alpage était le seul endroit où nous pensions : *demain*. Aux Confins, l'avenir ne pénétrait pas, tenu à l'écart par l'épaisseur des murs.

Souzix, dont on prisait en général les pitreries, boudait un peu plus loin, vexé d'avoir été supplanté par ce Christ estival, cette Vierge qui ne l'était pas. Et pour la première fois depuis longtemps, je me sentis bien dans cette Nativité d'occasion. Je m'appelais Joseph et j'étais à ma place.

Quand l'abbé en eut assez de se tordre le cou vers le ciel, il replia sa lunette d'un geste sec. Grenouille souleva Souzix d'une main par le col et le secoua, désignant le fond de son short maculé de terre. Le petit se laissa pendre comme un tas de vêtements vides, sans lutter, une technique que j'apprendrais vite à maîtriser.

C'était fini.

La sortie à l'alpage avait épuisé les plus petits. Certains ronflaient déjà lorsque Grenouille pénétra dans le dortoir, juste après l'extinction des feux. Il promena ses yeux écartés et sa lippe batracienne dans la pénombre, cherchant la faute entre les lits : les chaussures pas alignées qui le feraient trébucher, un coffre mal refermé, un gosse qui pleurait, de peur, de fatigue, de n'importe quoi, un gosse qu'il tirerait du lit pour lui en donner une bonne, de raison de pleurer.

Le passé de Grenouille faisait l'objet de spéculations diverses. La thèse du vampire, propagée par Souzix, avait été écartée lorsque quelqu'un avait fait valoir qu'il avait un reflet, qu'il portait un crucifix en or autour du cou et qu'il était plutôt gras pour un être censé se nourrir de sang en général, de sang d'orphelin en particulier. D'autres affirmaient que l'abbé l'avait connu dans une prison dont il était chapelain autrefois, et l'avait engagé à sa sortie. Que c'était un démembreur d'enfants. Pour autant que je sache, Grenouille n'a jamais démembré personne, pas aux Confins en tout cas. La souffrance aurait été trop courte pour lui qui la voulait durable, longue en bouche, une souffrance de connaisseur dans laquelle baigner ses lèvres de temps en temps, avec un petit claquement de langue ravi et la satisfaction de savoir qu'on ne va pas manquer. D'autres pensaient que Grenouille était un ancien des Confins. Cette théorie, au moins, est fausse. J'ai consulté plus tard le registre de tous les enfants qui y étaient passés depuis la conversion du vieux prieuré en orphelinat, en 1936 – il n'y figurait pas. Une dernière rumeur, la plus plausible, faisait de lui un ancien légionnaire. Une légère claudication accréditait la thèse d'une blessure, tout comme la chanson militaire qu'il me força un jour à chanter avec lui. Il savait assurément frapper là où ça faisait mal, sans laisser de traces. Un petit qui s'était égaré dans sa chambre sous les toits affirmait n'y avoir rien vu d'étrange, mais qu'est-ce qu'un enfant qui croit au Père Noël pourrait trouver étrange ? Une ribambelle d'autres légendes flottait autour de sa personne. Que Grenouille était insensible à la douleur. Qu'il avait le dos couvert d'écailles, parlait des langues inconnues. Qu'un jour Grenouille avait reçu une lettre bordée de noir, était allé la lire dans sa chambre et en était ressorti les yeux rougis. Personne ne gobait vraiment ces foutaises.

Boum supersonique.

Je m'étais habitué au bruit. Peut-être une carrière ou une mine lointaine, même si cela n'expliquait pas cette oppression des tympans, de la poitrine, l'impression que, pendant un court instant, un passage s'ouvrait vers un autre monde. Je ne soupçonnais pas à quel point c'était vrai.

Malgré tous ses efforts, Grenouille ne trouva rien. Il sortit du dortoir de son pas chaloupé, abandonnant entre nos lits un sillage capiteux de sueur et de déception. Fouine, mon voisin, coula sous son lit. Il me regarda, mit son doigt sur ses lèvres, *chut*, comme cette première nuit, une semaine plus tôt. Dans un tel lieu, un geste qu'on répétait était un rituel ou une menace. Je fermai les yeux.

Quand je les rouvris, la Lune avait bougé. Elle déblayait toute une fournée d'obscurité. Le lit de mon voisin était vide, dessus, dessous. Nous n'avions pourtant pas le droit de nous lever, sous peine de je ne savais quoi, mais quelque chose de grave. Quatre silhouettes – une petite, trois plus grandes – se faufilaient parmi les lits en direction de la porte. Je résistai du mieux que je pus. Me représentai mille sévices, châtiments et tortures aux mains de Grenouille, qui n'attendait qu'une erreur de ma part, me guettait peut-être dans le noir pour faire de moi un exemple. La curiosité l'emporta – je leur emboîtai le pas.

– Eh, toi là, 54 !

Une tête sortit de sous une couverture, au moment où je m'apprêtais à quitter le dortoir. Un blond d'une douzaine d'années, regard à la dérive sur un océan pâle.

– Tu devrais retourner te coucher, chuchota-t-il.

– Où ils vont ?

– J'en sais rien. Mais ces gars-là, c'est que des ennuis.

La tête disparut sous la couverture. Je fis ce qu'on fait d'un conseil à quinze ans, surtout lorsqu'il est bon : je l'ignorai.

Le couloir était désert. Guidé par un courant d'air, j'approchai à tâtons d'une porte entrouverte. Au même moment, Sénac tourna le coin. Il passa à un mètre de moi sans me voir, j'ignore encore comment, puis disparut après un tour de clé derrière une seconde porte. En métal celle-là, recouverte d'une peinture bleue écaillée, si différente de toutes les autres que je faillis le suivre, lui. Mais le battant de chêne contre lequel j'étais appuyé céda et je repris ma filature, sans savoir encore que ces deux portes menaient à la même histoire.

Un escalier montait en colimaçon, vissé dans des murs oubliés. Le courant d'air se fit plus fort. Au sommet, une trappe de fonte. Quatre visages me fixèrent avec ahurissement quand je la poussai : Souzix et les trois grands de mon âge avec lesquels il traînait en permanence, que je connaissais désormais de nom. Fouine, Edison, Sinatra. Tous assis au milieu d'une terrasse carrée, une anomalie plate dans un monde de pentes. Autour, l'ancien prieuré dressait ses cheminées de paquebot, tanguait en d'impressionnants ponts d'ardoise, noirs et luisants, bordés de rambardes de zinc.

– Qu'est-ce que tu fous là, 54 ? demanda Fouine, éteignant la radio portative, une Telefunken, sur laquelle ils étaient penchés.

– Je m'appelle Joe. Et vous, vous faites quoi ?

– C'est pas tes oignons. Retourne te coucher.

Je me hissai sur leur terrasse. Un vertige me prit, le ciel était là, immense à y basculer. La vue ne portait jamais loin, aux Confins. D'ici, on voyait d'autres mondes.

– On est où ?

– La Vigie. C'est une société secrète, et t'es pas membre. Alors dégage.

– Une société secrète. Vous avez neuf ans ou quoi ?

– Oui, confirma gravement Souzix.

– Et qu'est-ce que vous faites dans cette « société secrète » ?

– On surveille le monde. On protège Les Confins.

– De quoi ?

– Des Russes, déclara Sinatra.

– De la mafia, ajouta Edison.

– Et des géants, conclut Souzix.

– L'orphelinat a déjà été attaqué par des Russes, la mafia et des géants ? je ricanai.

Fouine se leva pour se planter devant moi.

– Justement non. Grâce à nous. Je garde le nord, Edison le sud, Sinatra l'est.

– Moi je suis trop petit pour être gardien, ajouta Souzix. Je dépasse pas du parapet.

– Qui garde l'ouest alors ?

Les quatre baissèrent les yeux.

– C'était Danny.

– Et il est où, ce Danny ?

– Il est mort.

– De quoi ?

– C'est important, de quoi ? Le résultat est le même, non ? Retourne te coucher, maintenant.

– Grenouille vous laisse sortir du dortoir ?

J'en appris plus, cette nuit-là, qu'en une vie de Confins. Je n'appris d'ailleurs que peu de choses après ça, à part l'existence d'un mal infini. Mais aussi d'une douceur telle que, pour elle, on pouvait tout supporter.

Fouine, qui gardait le nord, avait quinze ans. On l'avait extrait dix ans plus tôt, à Marseille, des décombres d'un immeuble qui s'était effondré en plein jour, tassé sur lui-même dans un soupir de plâtre après des années passées à lutter contre la gravité, la logique, l'abandon. Les journaux en avaient parlé. Ses quarante-cinq habitants étaient morts, tous sauf Fouine, que son père avait eu le temps de jeter sous un lit quand la structure avait rendu les armes. Fouine recevait tous les mois un paquet d'on ne savait qui, d'on ne savait où – on ne le sut jamais. Plein à craquer de friandises et de bibelots divers. Une tante ou un cousin éloigné, par-delà l'horizon, apaisait sa culpabilité. Cette manne permettait à Fouine d'être au cœur de tous les trafics de l'orphelinat. Il troquait, échangeait, prêtait, avec des ardeurs d'usurier. Si un débiteur ne payait pas un service, ou ne remboursait pas à temps, Sinatra le dérouillait. Fouine avait

Étienne, l'intendant, plus ou moins dans la poche, puisqu'il lui versait la quintessence de ses trafics, l'argent. En retour, Étienne invitait Grenouille à regarder la télévision chez lui tous les dimanches soir, et la Vigie avait le champ libre. En cas de danger, Étienne faisait clignoter la lumière du réduit qui servait de toilettes derrière sa cabane. Il n'y avait eu qu'une alerte en quelques années – une *fausse* alerte – une nuit où Grenouille, pris d'une violente diarrhée due à la cuisine d'Étienne, s'était vidé en spasmes furieux, la main sur l'interrupteur.

Edison, quatorze ans, était le génie du groupe. La radio qu'ils écoutaient ce soir-là, c'était lui : il l'avait reconstruite à partir d'un vieux poste trouvé dans une poubelle lors d'une rare sortie au village. Elle fonctionnait avec des piles artisanales, qu'il avait, elles aussi, fabriquées à l'aide de vieilles pièces de monnaie, de vinaigre et de rondelles de carton et de métal. Le monde ne serait pas le même si Edison avait vécu davantage, j'en suis sûr. Et il aurait peut-être vécu davantage s'il n'avait souffert de tares rédhibitoires pour un génie. Il était orphelin. Et surtout, surtout, il n'était pas parfaitement blanc – sa mère était sénégalaise. Grenouille, à plusieurs reprises, avait pris plaisir à le renvoyer sous la douche le matin, au prétexte qu'il ne s'était, à l'évidence, « pas bien lavé ». Heureusement pour Edison, Grenouille avait un autre souffre-douleur. Malheureusement pour Souzix, c'était lui.

Souzix, neuf ans, le gardien de rien du tout, notre doyen, puisqu'il était le seul d'entre nous à être né orphelin. Né sous X, plus précisément, il l'avait pris pour nom à force de l'entendre. Enfant d'une nuit trop courte, il collait aux grands, fort de son autorité d'ancien, et les grands l'acceptaient. Souzix parlait des petits, qu'il appelait « les minots », avec mépris. Seule sa passion pour *Mary Poppins* l'amarrait à son âge, ainsi que les nuits où il se réveillait en se vidant de ses larmes, et pas que de ses larmes. Le lendemain, c'était cape de pisse dans la neige, cape de pisse au soleil, cape de pisse à n'en plus pouvoir, ce qui ne l'empêchait pas de recommencer, et Grenouille exultait.

Sinatra complétait la Vigie. Une force de la nature, un beau gars enchâssé dans un gras qu'il volait Dieu sait où, vu la maigreur de l'ordinaire. À seize ans, il en paraissait vingt. Il affirmait descendre du célèbre crooner. Sa mère lui avait raconté que le divin Frank s'était égaré avec son orchestre lors d'une tournée en France, un soir de tempête, un soir d'oubli. Elle leur avait donné asile, une chose en entraînant une autre, ils avaient chanté, blottis près du feu, au rythme de la pluie – encore ce fichu rythme. Notre Sinatra était né d'une voix, d'un orage, peut-être bien d'une folie – sa mère avait été internée après avoir été retrouvée dansant nue sur la place du village. Lorsqu'on lui parlait de cet épisode, ou du fait que The Voice n'avait probablement pas couché avec une épicière de Figeac, ni même mis les pieds dans la région, la placidité naturelle de notre ami se dissolvait en d'impressionnantes fureurs. Sinatra envoyait des lettres dans l'inconnu, persuadé que son père viendrait le chercher. Elles devaient s'égarer, ces lettres, car personne ne venait. Alors, disait-il, c'était lui qui partirait, un jour. Lui qui irait à Las Vegas.

– Qu'est-ce que tu feras une fois là-bas ? lui demandait sans cesse Souzix. Chercheur d'or ?

– L'or vaut rien en Amérique. Ils en ont tellement qu'ils font leurs rues avec.

Et les yeux de Souzix s'arrondissaient, se remplissaient de rêves jaunes.

Boum supersonique. Plus fort cette fois, dans cet air frais qui ne lui résistait pas, répercuté par les toits. Enfin, j'allais savoir.

– C'est quoi ce bruit ?

– Quel bruit ?

Ils l'entendaient depuis si longtemps qu'ils l'avaient oublié, comme le passage du temps, comme leur respiration, et j'eus beau le leur décrire, insister, aucun n'eut l'air de savoir de quoi je parlais. Je dus attendre le lendemain pour avoir enfin une explication. Une explication qui me décevrait d'abord, faute d'en mesurer l'importance.

J'allais tourner les talons, replonger dans les profondeurs de mon orphelinat, quand Edison bondit sur leur radio bricolée.

– Tous aux postes de combat !

Souzix poussa un cri d'excitation et vint se coller au transistor. Le volume de la radio était à fond. Elle crachait de longues rafales de neige, des modulations sifflantes qui traversaient l'espace.

– Qu'est-ce qui se passe ? demanda Fouine.

– Un missile nucléaire russe se dirige sur Les Confins.

– Enclenchez le processus de destruction.

Doigts sur les boutons, Edison plongea dans le ressac d'ondes que l'univers venait échouer sur notre toit.

– Acquisition de la fréquence de commande...

Les autres attendaient, les yeux levés. Souzix respirait à peine. Une étoile filante raya soudain la nuit, Edison annonça :

– Missile intercepté.

Je faillis rire de leurs jeux puérils, quand je croisai les yeux de Fouine. Ils me disaient *chut* comme d'habitude, mais plus durement, et me quittèrent pour désigner Souzix. Le petit fixait toujours le ciel, la tête renversée, un ciel plein d'étoiles qui lui coulait sur les joues, un monde de menaces détournées, de galaxies aux longs cheveux de mère. Les missiles, personne n'y croyait, sauf lui. Les trois autres entretenaient cette naïveté fragile, eux qui l'avaient perdue un beau matin sans trop savoir comment. La Vigie n'était pas un jeu, mais une conspiration. Un tour de passe-passe, un lapin dépoilé sorti d'un chapeau par une bande de magiciens amateurs pour un gosse de neuf ans. Et comme vous le confirmeront tous les musiciens, il est plus difficile de monter sur scène pour une personne que pour mille. On déçoit rarement mille personnes.

– Très bien. Je veux devenir membre de votre société. Qu'est-ce que je dois faire ?

– Suffit de demander, répondit Fouine.

– C'est tout ?

– Oui.

– Alors je demande à être membre de la Vigie.

– Refusé.

Moi, l'adolescent de presque seize ans, moi qui n'avais pas versé une larme depuis la boule de feu qui avait dissipé mes parents, je faillis pleurer.

– Pourquoi ?

– Parce que t'es le larbin à Sénac, dit Sinatra, sortant un peigne de sa poche pour se le passer dans les cheveux. Voilà pourquoi.

– Je suis pas le larbin de Sénac !

– Son chouchou, sa mascotte, son petit enfant de chœur. On n'a pas besoin d'un larbin ici.

Je bondis sur Sinatra. J'avais appris à me battre dans mon manuel d'entraînement illustré, où l'adversaire était terrassé sous d'impressionnantes onomatopées. Sinatra avait appris à se battre dans la rue. Sa belle allonge de boxeur américain me coucha net. Il flotta un instant au-dessus de moi, les poings serrés comme Cassius Clay, *Sonny Liston est au sol, il essaie de se relever,* l'arbitre comptait, j'avais vu ce match avec papa contre l'avis de maman, *c'est trop violent pour lui, mais non laisse-le chérie, il est assez grand*, un deux trois, *regarde fiston, c'est la victoire des opprimés, des petits, des laissés-pour-compte,* un goût de caoutchouc dans ma bouche, un parfum de ring, de match truqué, de sang, sept huit neuf, Edison retenait Sinatra qui avait envie de finir le boulot, le *boum* supersonique au loin, les cris de la foule, dix, je perdis connaissance.

Ma grand-mère, l'Anglaise, disait de son vivant : vous, les Français, je ne vous comprends pas avec vos histoires de genre. Vous inversez le masculin et le féminin. Vous êtes aveugles à la beauté, vous célébrez l'ennui. Tenez, vous dites une voiture. On devrait dire « un » pour un truc si cubique, si ennuyeux. Alors que vous dites un baiser, pour un miracle qui peut durer toute une vie. Il faudrait dire une baiser. « Il m'a donné une baiser dans le voiture », ce serait tellement plus beau, non ?

– Hé, 54, réveille-toi.

Ma grand-mère disait aussi : il y a deux choses que j'aime dans la vie. Mentir et jardiner. J'aime tellement mentir que je viens de le faire : je déteste jardiner. Mentir, c'est beaucoup plus utile. Rappelle-t'en, Joseph.

– Il délire sur sa mémé. Je t'ai dit que t'avais cogné trop fort.

– J'ai pas cogné trop fort. C'était une petite mandale de rien du tout.

Je connus à peine ma grand-mère. Elle mentit au médecin qui lui demandait si ça faisait mal, quand il lui palpa les seins lors d'un contrôle annuel. Elle répondit que non, parce que se faire palper les seins ce n'est pas proper *pour une Anglaise, on savait où ça pouvait mener. Et même si c'était pour raison médicale, ça ne changeait rien à l'affaire. Non, donc, avait-elle répondu, ravalant la douleur dans son sein droit avec ce flegme qui cimentait un empire, elle n'avait mal nulle part. Quelques mois plus tard, elle était morte. J'avais six ans, Maman m'avait expliqué la maladie de grand-mère. J'avais eu peur, pendant des années, que ses seins ne la tuent elle aussi.*

– Maman !

J'ouvris les yeux. Assis sur mon lit, en sueur. Les gars de la Vigie me regardaient avec soulagement. Ils avaient dû me transporter depuis le toit.

– Ben voilà, fit Sinatra. C'est ce que je disais. Une petite mandale de rien du tout.

Mon œil pulsait. Je n'étais pas sûr d'avoir crié « Maman », c'était peut-être un autre gosse. On s'habituait à ces *mamans* hurlées, murmurées, gémies, câlinées à grandes brassées de rien au beau milieu de la nuit, on s'y faisait comme à la pluie contre le carreau. À ma droite, Fouine glissa sous son lit. À gauche, Momo fixait l'obscurité avec son éternel sourire, son air de deviner quelque chose de drôle dans tout ça. Maintenant que j'y pense, je ne crois pas l'avoir jamais vu dormir. Il devait, pourtant, au moins dans ces dévoiements noirs qui le saisissaient parfois, le court-circuitaient, le cassaient en secousses qui forçaient sœur Angélique à lui glisser un morceau de bois dans la bouche pour éviter l'étouffement, la langue sectionnée. Momo hocha la tête, je détournai les yeux. Il me dégoûtait avec ses mots qui ne sortaient pas. Il me dégoûtait avec ses sourcils comme des buissons posés sur ce regard déteint où je ne discernais pas encore le bleu d'Oran, l'or des déserts, toute la palette miroitante de l'Algérie, si belle qu'ils étaient nombreux, ceux qui avaient voulu la posséder.

Je n'étais pas un saint, je l'admets. Ceux de la Vigie encore moins, mais eux avaient une excuse. Quand on croise un enfant qui titube sous le poids d'un cartable ou un vieux qui peine à tirer une valise, on se précipite pour les aider. Ces gamins-là – je dis gamins mais, à l'exception de Souzix, c'étaient presque des hommes –, personne n'avait jamais offert de porter leur colère. On les laissait buter contre les trottoirs, et on regardait ailleurs. Tant pis s'ils tombaient. Ça valait mieux que d'être écrasé par ce qu'ils charriaient.

Ils étaient durs, ils étaient drôles, ils étaient sans victoires.

Mes amis.

Les soirs de tristesse, les soirs de vin aigre, je pense encore à eux.

– C’était quoi, ça ? gémissait Rothenberg.

Les doigts pincés sur l’arête de son nez. Immobile. Un marbre de désespoir.

– C’était quoi ? répéta-t-il.

Je connaissais cette expression. Je pensais avoir bien joué, pourtant.

– Le premier mouvement de la *Sonate n° 14*, dite « Clair de lune ».

– Ce n’est pas ce que tu as joué. Ce que tu as joué, c’est une monstruosité. Explique.

– J’ai pensé à Aline, avouai-je en rougissant.

– Qui ça ?

– Une fille de l’école. J’ai pensé à elle, pour trouver l’atmosphère.

– Quelle atmosphère ?

– Ben, romantique. Une promenade au clair de lune avec quelqu'un qu'on aime bien.

Rothenberg explosa, comme s'il n'avait attendu que ce moment. Il *n'avait* attendu que ce moment – il avait enseigné à des générations d'imbéciles avant moi.

– Romantique ? C'est du *schmaltz* que tu joues, qui coule de tes doigts, regarde, il y en a plein le tapis. Mina ! gueula-t-il. Mina ! Tu veux du *schmaltz* pour les frites ? Joe en a joué des litres, du bon gras d'oie dégoulinant, il en a mis partout ! Apporte la bassine !

– Calme-toi, Alon, répondit Mme Rothenberg depuis l'étage.

– C'est Joseph, fis-je valoir. Pas Joe.

– Joseph, c'est un nom de père de messie, ou de grand musicien. Tu n'es ni l'un ni l'autre.

Laisser passer l'orage. Les colères de Rothenberg étaient légendaires. Il les puisait hors de lui-même, dans trois mille ans d'outrages.

– Je t'avais demandé de préparer ce morceau, oui ou non ?

– Oui, monsieur Rothenberg. Je l'ai fait.

– Tu as fait quoi ?

– J'ai travaillé la partition.

– Tu n'as regardé que la partition ? Tu as commencé à la mesure 1, sans te demander ce qu'il y avait avant ?

– Il y avait quelque chose avant ?

Je pris ma partition pour la retourner en tous sens, au cas où les premières pages se seraient collées. Rothenberg me claqua derrière la tête.

– Tu n'as pas lu les lettres de Ludwig à son ami Franz Wegeler, par exemple ? Non, ne réponds pas, je t'ai assez entendu. J'ai entendu ta bouche et j'ai entendu tes doigts et leur bêtise m'insupporte ! Il n'y a pas de clair de lune, tu comprends ? Non, je t'ai dit de ne pas répondre ! Il n'y a pas de clair de lune, c'est un surnom ajouté à la sonate trente ans plus tard par un crétin. En 1801, quand Ludwig écrit cette œuvre, il n'en a rien à foutre de la lune, tu comprends ?

Je ne répondis rien. Il me claqua derrière la tête.

– Tu comprends ? Réponds, idiot ! Tu as perdu ta langue ?

– Non. Je veux dire, non, je ne comprends pas.

– Bien sûr que non, tu ne comprends pas, puisque tu n'as pas lu les lettres de Ludwig à son ami Franz Wegeler ! Si tu les avais lues, tu saurais qu'à cette époque Ludwig avait déjà perdu une bonne partie de son ouïe et qu'il ne l'avait dit à personne, sauf à quelques proches. L'adagio de la n° 14 n'est pas une promenade au clair de lune. C'est une *marche funèbre*. Une déploration. Ce qu'on entend, c'est un génie qui devient sourd !

Rothenberg s'arrêta net, hors d'haleine.

– Rejoue. Et surveille la position de tes mains, bon sang. Comme si tu tenais des oranges.

Je m'exécutai, ébranlé, je fis deux fausses notes sur les cinq premières mesures avant de renoncer.

– Je n'y arrive pas, monsieur Rothenberg. J'ai les mains qui tremblent.

– Enfin, répondit mon vieux maître.

– Montre-moi cet œil.

Mes doigts se pétrifièrent sur le clavier. *Veuillez recevoir, Monseign…* Même la Hermès 3000 retint son souffle. Sénac me redressa le menton, j'avais pourtant pris soin de ne pas lever la tête à son arrivée. L'astuce avait fonctionné avec Grenouille, à qui j'avais offert toute la journée, avec une ruse d'Égyptien, mon bon profil. Sénac étudia le cercle jaune sous mon œil gauche, conséquence de ma rencontre avec la droite de Sinatra.

– Tu t'es battu ?

– Non, j'ai dérapé dans la douche.

L'abbé s'assit face à moi.

– Tu sais que tu peux tout me dire, n'est-ce pas ? La violence entre pensionnaires est inadmissible. Donne-moi juste un nom.

Je fus tenté de tout avouer. De lui parler de ces salopards qui ne voulaient pas de moi dans leur société secrète.

– Si quelqu'un t'a fait ça, je veux le savoir.

– Je suis tombé dans la douche.

– Tu es sûr ?

– Oui.

– Pardon ?

– Oui, *monsieur l'abbé.*

Il se pencha vers moi avec un sourire lisse.

– Tu es absolument certain que c'est ce qui s'est passé ?

– Oui, monsieur l'abbé.

Le sourire ne vacilla pas, se crispa juste un peu. Il décrocha son téléphone, murmura « M. Marthod, s'il vous plaît » dans le combiné. Quelques instants plus tard Grenouille déboula, essoufflé.

– Vous vouliez me voir, monsieur l'abbé ?

– Joseph ici présent a dérapé ce matin à la toilette. La sécurité des jeunes qui nous sont confiés est votre responsabilité. Vous allez récurer la salle des douches de fond en comble afin de veiller à ce qu'il ne reste aucun dépôt glissant.

– Maintenant ? fit le surveillant, incrédule.

– Bien sûr, maintenant. Vous en profiterez pour nettoyer aussi le dortoir, en guise de pénitence. La propreté est proche de la piété, après tout. Ne vous présentez pas au dîner tout à l'heure, vous perdriez un temps précieux. Lorsque vous aurez fini, vous viendrez me trouver. Je vous entendrai en confession. Nous demanderons au Seigneur de nous accorder la vigilance nécessaire et d'endurcir nos cœurs contre le péché de complaisance.

Grenouille pâlit sous la sentence – il vouait à Sénac une admiration sans bornes. Selon un récit apocryphe mais tenace, une sœur l'avait entendu dire qu'il « devait tout à l'abbé ». Il eut un instant l'air peiné.

– Cet incident ne doit pas se reproduire, monsieur Marthod. Vous veillerez à ce que Joseph n'ait plus de raison de se plaindre, à l'avenir.

Grenouille se tourna vers moi. Je remarquai pour la première fois qu'il n'avait pas vraiment de sourcils. Son visage fuyait en pente douce du front au menton, s'aveulissait en lèvres molles qui frémissaient sous le regard vert et rond de batracien.

– J'y veillerai, monsieur l'abbé, j'y veillerai. Vous pouvez me faire confiance.

Il embrassa le crucifix qu'il portait autour du cou, me tapota l'épaule avant de sortir. L'abbé enfila son manteau.

– Où en étions-nous ? Ah oui : « l'expression de mes sentiments les meilleurs, et mes vœux pour un prompt rétablissement. Votre frère en Christ », *et cetera*, tu connais la suite. Tu rangeras derrière moi, je dois filer. Je célèbre la messe à Sainte-Marie ce soir. Oh, et tu descendras voir Étienne avant de regagner le dortoir. Dis-lui que le portail principal ne ferme plus. Qu'il règle ça demain à la première heure.

– Monsieur l'abbé ?

– Oui, Joseph ?

– Le Christ est notre frère ?

– Bien sûr.

– Si le Christ est mon frère, pourquoi je suis là ? Pourquoi il a laissé faire ça ?

– Jésus ne s'est pas sauvé lui-même. Pourquoi te sauverait-il toi ?

– Parce que je n'ai rien fait, moi !

– Même si tu n'avais rien fait, même si tu n'étais pas souillé de la faiblesse d'Adam et de l'arrogance d'Ève, tu as pensé à tes parents ? Ils n'ont rien fait non plus ? Que sais-tu de leurs péchés ? Crois-moi, si tu es là, il y a une raison. Dieu n'est pas cruel.

Dieu ne pilote pas les avions, c'est certain. Mais enfin, ça ne lui aurait pas coûté grand-chose de remettre un peu les gaz pendant que le pilote ne regardait pas, ou d'abaisser de quelques degrés le nez de l'appareil. La Caravelle n'aurait pas décroché. Mes parents seraient rentrés, mon insupportable sœur et moi nous serions disputés comme avant. Peut-être même qu'on ne se parlerait plus, elle et moi, aujourd'hui. On se serait querellés sur de stupides questions d'héritage. On serait en froid, c'est la vie.

Alors si, j'ai longtemps cru que Dieu était cruel. Sadique.

Et puis un jour, au détour d'une sonate, j'ai saisi. Personne n'a pensé que Dieu était peut-être, tout simplement, sourd comme un pot ? Qu'il l'était déjà quand son fils a lancé *Eli, Eli, lama sabachthani*, pourquoi m'as-tu abandonné ? Qu'il n'a abandonné personne, qu'il a bien vu les lèvres bouger, les lèvres blêmes de son enfant, mais qu'il n'a pas compris ? Toute cette affaire, la crucifixion et la suite, les cathédrales qui piquent le ciel, les controverses, les bûchers, les ongles qu'on arrache et les auréoles qu'on accorde – souvent aux mêmes –, n'est peut-être qu'un gigantesque malentendu.

Si Dieu est sourd, il faut lui pardonner. Lui pardonner, pas à moitié, nos jours blessés et nos cœurs éclopés.

En chemin pour la cabane d'Étienne, je croisai Souzix sous le préau. Il déambulait les mains dans le dos, le front grave, balançant ses airs de vieux sage de droite et de gauche. Seule l'ombre démesurée qu'il plaquait au mur, à la lumière du projecteur de la cour, le révélait sous son vrai jour.

– C'était quoi, la musique, Joseph ?

– Quelle musique ?

– Celle que t'as jouée l'autre jour, sur le piano de l'abbé.

– C'était... J'aimerais bien te le dire, mais je ne peux pas.

– Pourquoi ?

– Parce que tu ne fais pas partie de *ma* société secrète.

Souzix accepta ma vengeance sans protester et

reprit sa route, long chemin de croix auquel je m'en voulus d'avoir ajouté une station.

– Attends. Beethoven. La *Sonate n° 24*, « À Thérèse ».

Il revint vers moi, me dévisagea par en dessous avec son air de petit professeur.

– C'est quoi une sonate ?

– Un genre de… lettre en musique.

– C'est qui cette Thérèse ?

– Tu me les brises avec tes questions. Qu'est-ce que ça peut te faire, qui c'est ?

– Ben, si j'écrivais à Mary Poppins, ça serait doux. Mais si j'écrivais à Suzanne, qu'était ma mère adoptive et que j'aimais pas trop, ça serait pas doux. Alors comment tu peux la jouer, ta lettre, si tu sais pas à qui tu l'écris ?

Souzix. Je veux croire qu'un jour quelqu'un sentira, dans la chair molle d'un soir d'été, dans la matière du monde, que tu fus là un court instant. Que quelqu'un sentira, s'il cherche bien, un petit creux en forme de toi.

Des trains. Le *boum* supersonique venait de simples trains. Étienne m'expliqua tout quand je descendis lui porter le message de l'abbé. Il connaissait son sujet – il avait été cheminot sur cette ligne avant de devenir homme à tout faire aux Confins.

– On va attendre le suivant. Tu vas voir. Tu fumes ? Je dirai rien au Corbeau.

– Qui ça ?

– Sénac, idiot.

Il me tendit une Gitane, que je calai derrière mon oreille comme j'avais vu des gars de terminale le faire devant le lycée. Une voie ferrée longeait la terrasse la plus basse de l'orphelinat, sans la moindre séparation. Les deux appartenaient à l'État, les trains d'un côté, les orphelins de l'autre, et tant que les seconds ne tombaient pas sous les premiers, autant économiser un grillage. Les rails s'enfonçaient dans un tunnel, à quelques mètres à peine de la cabane d'Étienne.

– Il approche. Écoute chanter les rails. On appelle ça la berceuse.

La bête montait, ses yeux orange pleins du brouillard qui tombait sur l'ubac en fin de journée, même en plein été. Les phares larmoyaient de longues coulées ambrées.

– Il accélère, expliqua Étienne. Ce foutu tunnel, il est tellement étroit que si t'entres pas à pile quatre-vingts kilomètres-heure, tu rabotes les côtés à cause de l'oscillation. Et les costards de Paris rabotent ta paie d'autant.

La locomotive plongea dans la montagne, une trentaine de wagons à la traîne. Gravide de métal et de bois, d'essence et de lait, de ciment, de voitures, de pièces d'avion, de modernité. Une immense partie du commerce entre le Nord et le Sud passait par là, saturait cette voie qui n'avait pas été conçue pour un tel trafic. Elle reliait la France à l'Espagne, Le Havre à Tanger, l'Atlantique Nord à la Méditerranée.

– Cinq kilomètres creusés à la pioche et à la dynamite par des tapettes, des youpins, des Basques et des poètes, expliqua Étienne. Tous ceux que Franco déteste. Nous, on dit « esclaves », eux, « prisonniers politiques ». Ils construisent une liaison plus moderne du côté d'Aragnouet, mais ils n'ont que des problèmes. On sera morts avant qu'elle ouvre.

Des hommes, des femmes, des familles tentaient régulièrement de fuir l'Espagne du Caudillo par le vieux tunnel. Impossible. Cinq kilomètres et pas le moindre espace où se tasser quand le train passait. Quelques centimètres entre les wagons et les murs au plus, le conducteur devait avoir une maîtrise parfaite de sa vitesse pour que la machine file droit. L'intérieur était noir comme un four, même les phares abdiquaient. Du côté français comme du côté espagnol, une file de convois attendait en permanence à l'aiguillage. Quand l'un sortait, un autre entrait en sens inverse, toutes les demi-heures. Ceux qui s'engageaient à pied n'avaient aucune chance. Étienne jurait que les parois du tunnel étaient rouges, du sang des imbéciles qui s'y étaient risqués. Alors tant mieux si on n'y voyait rien. Lui-même, quand il conduisait, avait plusieurs fois senti des chocs suspects, des tressautements inexpliqués de la machine.

– On n'y pensait pas. On faisait le job.

Le dernier wagon disparut devant nos yeux. Moins de dix secondes plus tard, *boum,* une paume d'air pur percuta ma poitrine. Étienne se mit à rire.

– Tu vois, il y a pas beaucoup d'espace entre le train et les murs, alors la locomotive pousse l'air devant elle. La pression augmente à l'avant, je t'assure que tu la sens sur les vitres, tout se met à vibrer. Derrière, ça crée une dépression. Mais la nature a horreur du vide, t'as bien dû apprendre ça à l'école, non ? Alors l'air finit par s'échapper par tous les interstices, sur les côtés, dessus, dessous, il coule le long du train et la pression s'égalise d'un coup derrière le convoi. C'est le bruit que t'entends. À cause de la configuration des vallées, t'entends aussi le son du côté espagnol, répercuté jusqu'ici. Si tu fais attention, tu verras qu'il sonne pas tout à fait pareil.

– Mais… ça ne vous empêche pas de dormir ?

Étienne tira une flasque de sa poche.

– Quand t'auras mon âge, t'auras peur du silence, pas du bruit. Allez, file maintenant. Dis au Corbeau que je lui réparerai sa grille d'entrée demain matin, même si je vois pas pourquoi c'est si urgent. Enfin, ça tu lui dis pas. Tu ferais bien de te dépêcher. Ça sent l'orage.

Étienne regagna sa cabane, mais je ne remontai pas tout de suite. De gros nuages roulaient sur les sommets, un tonnerre rauque et l'herbe frémit. Toute la journée, une drôle de sensation m'avait travaillé, l'impression qu'il ne s'agissait pas d'un jour comme les autres. Qu'un droit fondamental avait été bafoué, un dû refusé, à moi qui aurais juré qu'il n'y avait pourtant plus rien à me prendre. Et quand je compris, je me mis à rire, à rire tout seul, à en perdre haleine, errant dans l'herbe crissante d'une terrasse à l'autre. La date, bien sûr. Le 28 juillet 1969. On avait encore quelque chose à me prendre.

Mon anniversaire. Seize ans depuis que ma mère m'avait livré à la nuit dans une clinique de Saint-Mandé, pestant, soufflant, forçant mon père à jurer, tandis qu'elle lui broyait la main, qu'on ne les y reprendrait plus, et peut-être ce parjure était-il le péché qu'ils avaient dû expier. L'abbé avait raison – que savais-je des péchés de mes parents ?

Le ciel s'ouvrit sur des gouttes grasses, brûlantes, qui sentaient le foin et les vacances. L'obscurité, dense à mâcher. Je levai le nez pour inspirer l'orage à pleins poumons.

Grenouille ne m'en laissa pas le temps.

Je ne l'avais pas entendu approcher. Il m'immobilisa en une clé savante, plaqua un vieux mouchoir au goût de cambouis sur mon visage. L'orage redoublait. Il aurait été plus simple de ne pas lutter, Grenouille était trop fort. Je luttai pourtant, par principe, par habitude, comme tous ceux qu'il avait dû tuer avant moi sous d'autres moussons. D'autres qui ne l'avaient pas davantage entendu glisser parmi les fougères et les palmes, d'autres qui s'étaient crus en sécurité. Mon champ de vision se peupla de méduses sanglantes, mes poumons, d'œdèmes aux racines nécrosées. Ma langue, mes dents cherchaient l'air. Rien ne passait, pas un filet, pas un atome, juste une saveur atroce de graisse et de morve. Grenouille était un virtuose.

Lit 54, ici Columbia, *je détecte un défaut de ton alimentation en oxygène.*

Michael Collins ? C'est vous ?

Tu m'as appelé, non ?

Je croyais que vous ne m'aviez pas entendu, l'autre jour.

J'ai entendu. Frappe. Avec les poings, avec les pieds, frappe comme tu veux, mais frappe bas.

Mon poing rencontra du mou, mon talon un tibia. Grenouille hoqueta de douleur. Et soudain, de l'air. De l'herbe sous ma joue. Les Confins gisaient, posés sur un côté, le paysage renversé. Respirer. À quelques centimètres de moi, un bousier slalomait entre les gouttes de pluie. Je voulus me relever, remettre le monde d'aplomb. Un pied, entre mes omoplates, me maintint au sol.

Le cliquetis d'une boucle de ceinture. Le son d'une braguette qui glissait. Un liquide chaud me couvrit les jambes, une odeur d'ammoniac se mêla à celle, brutale, de la terre mouillée.

– La prochaine fois, fit une voix lointaine, fais attention à ce que tu racontes, et à qui tu le racontes.

Grenouille vida ses dernières gouttes, remonta sa braguette et s'éloigna à pas lourds.

Quand je rouvris les yeux, je courais. Dans un noir de Genèse, de premier jour, le noir d'avant la lumière, quand il n'y avait que l'abîme, l'eau et Dieu. Et encore, Dieu, je demandais à voir. L'orage avait redoublé. Éteignait tous mes incendies, lavait la terre de mes cheveux, la boue de mon visage, l'urine de Grenouille de mes vêtements. J'ignorais où j'étais. Mais il fallait courir. De ça, j'étais sûr. Un froid terrifiant me poursuivait, son haleine sur ma nuque.

Arrête, mon garçon. Tu vas attraper une pneumonie.

Non, Michael Collins. Vous n'êtes qu'une voix dans ma tête.

Bien des hommes ont une voix dans la tête. Les plus malins en font commerce. Arrête de courir, je te dis.

Je ne suis pas fou. J'ai étudié le plan de vol d'Apollo 11, avec papa. J'ai tout lu sur Buzz, Neil et vous. Je sais que vous devez être rentrés sur terre, maintenant. Vous ne pouvez pas me parler. C'est impossible.

Tu vois, tu recommences. Ton vieux maître, Rothenberg, a raison. Tu n'écoutes pas. Peu importe où je suis. Je te parle, c'est tout ce qui compte.

Laissez-moi courir tranquille, Michael Collins. Si je m'arrête, le froid me rattrapera. Personne ne peut m'aider. Je suis seul.

Ne me fais pas rire, mon garçon. Tu veux que je te parle de la solitude, la vraie ? De l'angoisse que j'éprouvais quand Columbia *glissait derrière la Lune à chaque révolution ? Quand la nuit tranchait le lien radio qui me reliait au reste de l'humanité ? As-tu idée des monstres qui vivent là-bas, au revers des cratères ?*

Pardon, Michael Collins. Je ne voulais pas vous fâcher. Papa disait que le véritable héros de cette mission, c'était vous. Qu'il fallait des nerfs d'acier pour piloter *Columbia*.

Oublie les nerfs d'acier. C'est ce que je voulais te dire, pour ton anniversaire. Notre petit secret, parce que tu es un astronaute toi aussi, à ta façon. Tu sais comment je tenais le coup, à chaque passage derrière la Lune ? Comment je résistais à l'écrasement par le silence et le noir ? Je savais. *Je savais que* Columbia *finirait par émerger dans la lumière. C'est une question d'orbite. Crois-en mon expérience. La pire des solitudes ne dure que quarante-sept minutes.*

Quelque part dans les archives de la Gendarmerie nationale, vous trouverez peut-être le récit de ce soir-là, la nuit de mon seizième anniversaire. Il faudra vous adresser, plus précisément, au service historique de la Défense et réclamer les dossiers du 4e commandement régional, circonscription de Midi-Pyrénées, groupement de gendarmerie des Hautes-Pyrénées, et plus précisément encore de la gendarmerie de Lourdes. Si les archives n'ont pas brûlé, si elles n'ont pas été perdues, volées, abîmées, vous pourrez consulter un procès-verbal.

Il devrait dire ceci :

Rapport du gendarme Louviers, 31 juillet 1969

Vers 22 h 15, le 28 juillet 1969, nous avons reçu un appel de l'établissement « Les Confins »*, appartenant à la direction départementale des Affaires sanitaires et sociales et administré par le diocèse de Tarbes, nous signalant la fugue d'un pensionnaire. À 23 heures, le maréchal des logis-chef Cazaux et moi-même avons pris en charge un jeune homme errant sur la route de Lourdes. Visiblement désorienté, il s'est spontanément identifié comme* «*Joseph Marty, orphelin et astronaute*»*, avant de perdre connaissance. Il courait depuis une heure sous la pluie et avait parcouru huit kilomètres. Le chef Cazaux et moi-même, après consultation téléphonique avec l'établissement* « Les Confins »*, et considérant qu'il ne présentait pas de blessures, avons pris la décision de le ramener à la gendarmerie. Lors du rapport, Joseph Marty nous a déclaré avoir été agressé par un dénommé* « Grenouille »*, le surveillant général de l'orphelinat. Cette agression l'aurait poussé à fuir, profitant d'un défaut de fermeture du portail principal.*

L'abbé Armand Sénac, directeur des «Confins»*, est venu en personne récupérer le jeune homme peu avant 1 heure. En proie à un début de fièvre,*

Joseph Marty n'a pas opposé de résistance. Confronté aux accusations du jeune homme, l'abbé Sénac, dont les actions caritatives et le dévouement sont connus dans tout le département, nous a expliqué que Joseph Marty était un nouvel arrivant, psychologiquement fragile, encore très ébranlé par le décès de ses parents. Ces accusations sont, selon lui, typiques de jeunes en demande d'attention et en situation d'extrême détresse émotionnelle. Il nous a invités à venir enquêter à notre convenance.

Le lendemain, nous nous sommes rendus à l'établissement « Les Confins ». Nous y avons reçu un accueil chaleureux des orphelins et du personnel. Les élèves, interrogés en groupe puis individuellement, selon la procédure, nous ont assuré qu'ils n'avaient jamais été victimes de maltraitance. Tous semblent grandement apprécier leur directeur spirituel, ainsi que le surveillant général Marthod (« Grenouille »), dépeint par les enfants comme « super sympa » et par les sœurs dominicaines travaillant aux « Confins » comme « sévère, mais juste ». M. Marthod a affirmé ne pas en vouloir au jeune Marty, et comprendre la détresse de sa situation. M. Marthod nous a également chargés de transmettre ses salutations au colonel Laffite, au commandement de Bordeaux.

Au vu :

– du peu de crédibilité du plaignant ;

– de l'absence de la moindre blessure sur le corps du plaignant ;

– de l'estime générale dont jouit la direction de l'établissement,

la thèse de l'affabulation semble confirmée. Il ne nous paraît pas nécessaire de poursuivre les investigations.

Pour transmission à M. le procureur de la République.

La fièvre dura douze jours. On fit monter un médecin de Lourdes, en vain. Sœur Angélique murmura que c'était plutôt moi qu'il fallait descendre là-bas, dans la ville noire des anges cassés, qu'une fièvre comme ça n'était pas normale, qu'une fièvre comme ça était l'œuvre du diable.

Le procureur de la République classa mon affaire sans suite.

Des voix me parlaient, en longues sinusoïdes. Je captais toutes les radios de l'univers. Pendant douze jours, je ne fus plus orphelin. Ma mère essorait un linge et le posait sur mon front. Mon père me forçait à avaler des potions amères, *c'est pour ton bien, Rothenberg nous a donné la recette, un secret ancestral du ghetto de Venise.* À plusieurs reprises, je vis Momo se tordre sur le lit voisin du mien, à l'infirmerie, de jour comme de nuit. Quand il ne dansait pas ses rodéos épileptiques, il me fixait, son âne en peluche dans les bras, avec ce qu'il lui restait de forces. Avec ce qu'il restait des miennes, je détournai le regard. Si la réalité c'était Momo, je préférais la fièvre, ses vagues sourdes, ses élancements ouatés et ses trémulements sombres. Je préférais brûler dans le feu limpide des visions.

Les antibiotiques ne changèrent rien à l'affaire. J'aurais pu le leur dire, moi. Leur dire que mon mal ne se soignait pas à coup de pénicilline, de cataplasmes, pas davantage qu'avec les exorcismes secrètement lus de nuit par sœur Angélique, dans un petit livret qui ressemblait à mon manuel de callisthénie. Le vrai problème, c'était les larmes.

J'ai évité le sujet comme j'ai pu. Il va bien falloir en parler, des larmes. Je n'en avais pas versé depuis l'accident, depuis l'alliance de ma famille et du métal dans un creuset de feu, pas une seule. Je ne les avais pas *trouvées*, avait murmuré le psychologue. Ce n'était pas faute de chercher, pourtant. J'avais beau essayer, songer aux cercueils de mes parents, penser à l'insupportable cercueil sagement rangé entre eux le jour de l'enterrement, au bois qui les séparait quand il aurait été si bon de se toucher, rien ne venait. Mais l'univers les réclamait, mes larmes inexistantes, et de cet impayé naissait le mal qui me cabrait le corps.

À l'âge de seize ans et douze jours, j'ouvris les yeux au beau milieu de la nuit. Momo était assis au bord de mon lit. Il me tenait la main, fort, et il pleurait. Il pleurait comme on n'a pas pleuré depuis, il pleurait comme on le fait au pied d'une croix, aux bras des madones, le visage renversé. Il pleurait des empires. Il pleurait pour moi qui ne savais pas le faire.

Sœur Angélique, au matin, cria au miracle. Ma fièvre s'était envolée. Elle me fit sortir, m'agenouiller sous un conciliabule d'étoiles pâlissantes, et réciter trois Pater. Souzix tournait déjà dans la cour, grelottant, une cape de pisse sur les épaules.

Depuis ce jour-là, le gosse aux yeux d'Oran, le pêcheur d'oursins à la parole comptée, Momo et moi, ce fut à la vie, à la mort. Il était mes larmes, je devins sa voix.

Du bleu, du jaune, du vert.

La Nuit étoilée, de Van Gogh. Une reproduction frappante, à s'y méprendre, était accrochée au-dessus du piano de Rothenberg. J'en connaissais le moindre détail à force de l'observer. Rothenberg me claqua derrière la tête le jour où j'employai le mot « faux ».

– Et si je joue ça ?

Il écrasa les premiers accords de la *Hammerklavier*.

– Si je joue ça, c'est un faux, crétin ? Ce n'est pas du Ludwig, peut-être ?

– Calme-toi, Alon, fit sa femme en traversant le salon. Tu vas te tourner les sangs.

– Ne confonds pas copie et interprétation, idiot. Si cette toile était une vulgaire copie, je l'aurais jetée depuis longtemps. C'est Van Gogh que tu vois là.

– Mais ce n'est pas lui qui l'a peinte.

– Qu'est-ce qu'on en sait ? Il a peut-être peint deux versions ? Et même s'il n'en a peint qu'une, celle-ci n'existerait pas s'il n'avait pas peint la première. On peut donc dire qu'il a peint les deux. Ou, plus simplement, que Van Gogh n'a pas peint ce tableau, mais qu'il l'a peint quand même.

– Alors quand je joue Beethoven…

– Quand *tu* joues Beethoven, Ludwig se retourne dans sa tombe. Mais quand Kempff joue Beethoven, quand Fischer, quand ce gamin argentin, Barenboim, joue Beethoven, alors là, c'est autre chose. Quand ils jouent *eux*, ce n'est peut-être pas Beethoven qui joue, mais c'est quand même Beethoven qui joue.

Du bleu, du jaune, du vert.

Nous sommes loin de la gare où nous nous sommes rencontrés, vous et moi. Loin des aéroports et des pianos publics. Vous regrettez presque de m'avoir posé votre question préférée, qu'est-ce qu'un homme comme vous fait là ?

Mais si vous croyez que je m'égare, si vous croyez que j'ai perdu le fil de mon récit avec mes histoires d'avions, de dieux sourds, d'orphelins, de tableaux, et bientôt de filles au nom de fleur, c'est que vous regardez de trop près. Vous louchez de toutes vos forces et vous voyez la même chose que moi, il y a cinquante ans.

Du bleu, du jaune, du vert.

Vous ne voyez pas que vous contemplez *La Nuit étoilée,* le nez collé au tableau. Patience, donc. Laissez-moi distiller les couleurs de ma nuit.

Quand je me présentai en cours d'éducation physique, fantôme fraîchement sorti de l'infirmerie, Rachid désigna le banc d'un geste sec.

– Pas toi, dit-il pendant que les autres se mettaient à tourner dans la cour.

Je pris place à côté de Momo, que personne n'avait jamais eu l'idée d'éduquer, pas même physiquement. Rachid surveilla ses élèves un moment, claquant des mains, lançant des « Allons-y, allons-y » de sa voix chantante, des *allonzy allonzy* qui ne produisaient pas d'effet. Rachid ne s'en formalisait pas. Il savait qu'il enseignait à une classe de Titans condamnés, pour avoir offensé les dieux, à porter l'univers sur leurs épaules. On n'allait pas en plus leur demander de courir vite.

Le seul qui se dépensait, qui se donnait *vraiment*, c'était Fouine. Il remontait d'un groupe à l'autre, ralentissait l'allure pour se laisser rattraper, repartait de plus belle. On faisait dix tours, il en faisait quinze. C'était l'heure de tous ses trafics. Il collectait argent, promesses, requêtes, les mettait sur un marché déjà virtuel dont il était le calculateur central, vendait, achetait, faisait monter les prix, bradait en lots corvées, bibelots, encres de couleur, barres de chocolat, menue monnaie, billets. Fouine retenait tout. Rien de physique ne s'échangeait dans la cour, en marge de laquelle Grenouille sautillait d'un air méfiant. Les transactions ne seraient exécutées que plus tard, en frôlements, croisements, ballets de mains qui passaient, escamotaient devises et denrées au détour de couloirs et de files d'attente, sous couvert de bureaux et de tables, réseau souterrain et discret bien loin des visages qui flottaient, parfaitement innocents, à la surface.

Entre deux *allonzy,* Rachid approcha, m'étudia d'un air sévère.

– Il paraît que tu as essayé de t'enfuir. Qu'ils t'ont rattrapé à huit kilomètres d'ici au bout d'une heure. J'ai été très déçu de l'apprendre.

Il mit un pied sur le banc, juste à côté de moi, se pencha pour refaire son lacet.

– Huit kilomètres-heure, murmura-t-il. Si tu veux partir, va falloir courir plus vite.

L'abbé n'avait rien dit. Il m'avait vu au petit déjeuner et n'avait pas évoqué mon escapade. Il m'avait même *souri*. Mais quand Grenouille siffla la fin du cours d'éducation physique, une fenêtre s'ouvrit au premier. Sénac croisa mon regard, hocha lentement la tête.

Il m'attendait, toujours devant la fenêtre, l'œil rivé à sa lunette d'observation. Il désigna trois taches noires qui dérivaient au vent, flottant sur un courant ascendant.

– Le petit gypaète barbu apprend à voler. C'est la première fois que ses parents s'éloignent autant du nid. Je les observe depuis un an. Ils nichent sous la vire au-dessus des Confins. C'est magnifique, n'est-ce pas ? Savais-tu qu'il n'y en a plus que quelques couples dans toutes les Pyrénées ?

C'est une espèce menacée. Très fragile. À la moindre perturbation, ils abandonnent leur nid.

Il posa sa lunette, regagna son bureau et joignit les doigts sous son menton, sous cet étrange visage poupin où seuls les yeux paraissaient vieux. Le reste était rose, engorgé, éclatant de santé. Sénac était toujours impeccablement coiffé, impeccablement rasé, ses joues martyrisées par le feu du rasoir et sanctifiées d'un halo d'eau de Cologne.

– J'ai beaucoup prié pour toi, Joseph. J'ai beaucoup demandé à Dieu de m'indiquer où je m'étais trompé. Ce que j'avais fait pour qu'un soir la gendarmerie m'appelle, pour que le nom des Confins soit publiquement sali par la fuite de l'un des siens.

– Ce n'est pas vous.

– Pardon ?

– Ce n'est pas vous, monsieur l'abbé. C'est Gre… M. Marthod.

– Ah oui, cette histoire ridicule. Il ne le montre pas, mais je sais que M. Marthod en a été très peiné. Heureusement, les gendarmes sont habitués à ce qu'on leur raconte des sornettes.

– Il m'a agressé, pour se venger !

– Se venger de quoi ? Pourquoi t'en voudrait-il ?

Parce que j'ai menti au sujet de mon œil au beurre noir. Parce que ce n'était pas la faute des douches que vous lui avez fait récurer.

– Joseph ?

– Je ne sais pas...

– Tu as *vu* M. Marthod ce soir-là ? Vu comme je te vois ?

– Non.

– Résumons. Tu ne présentes pas de blessure. Tu n'as pas *vu* M. Marthod. Et il n'a pas de raison de t'en vouloir. C'est correct ?

– Oui. Oui, monsieur l'abbé.

– N'est-il pas possible que tu aies tout imaginé ? Tu avais beaucoup de fièvre.

– Je... je ne sais pas.

Sénac inspira longuement. Ses mains posées, non, *appuyées* sur le bureau devant lui étaient parcourues de tremblements.

– C'est une simple question. Est-il possible que tu aies tout imaginé ? *Oui ou non ?*

– Oui.

– Voilà. Tu as tout imaginé. C'est bien de le reconnaître.

Les mains se détendirent, lissèrent le devant de la soutane, impeccablement repassée.

– Sans mes bons rapports avec les autorités, l'affaire aurait pu être embarrassante. Et s'il y avait eu une enquête ? Tu y as pensé, à ça ? Nous sommes souvent la seule famille que tes camarades aient jamais connue. Qu'adviendrait-il d'eux si Les Confins fermaient ? Dehors, rien ne les attend, tu comprends ?

– Oui, monsieur l'abbé.

– Je ne me suis pas trompé en te faisant confiance, n'est-ce pas ?

– Non, monsieur l'abbé.

– Je l'espère. Parce que tu ne serais pas le premier à me décevoir.

– Comme Danny ?

J'ignore pourquoi je mentionnai ce nom. L'abbé se raidit aussitôt.

– Qui t'a parlé de Danny ?

– Les autres.

– Et que t'ont-ils dit ?

– Qu'il était mort.

– Ne sois pas ridicule. Danny n'est pas mort. Il reviendra dans la gloire, le jour du pardon de ses péchés, et le Christ cheminera avec lui. Va rejoindre les autres, maintenant. J'ai une annonce à vous faire.

L'annonce concernait la visite d'une importante personnalité, l'un des plus gros donateurs du diocèse, un homme de la générosité duquel le bon fonctionnement des Confins dépendait. Cette annonce, l'abbé ne la fit jamais : le visiteur en question était déjà là, debout au milieu de l'entrée quand nous descendîmes. Il était en avance par la grâce d'une Triumph GT6 garée au beau milieu de la cour, presque cachée sous la grappe d'orphelins agglutinés autour. Je vis l'abbé Sénac embarrassé pour la première fois de ma vie. La dernière aussi.

– Monsieur le comte, je ne vous attendais pas si tôt. On ne m'avait pas prévenu…

Le rythme allait entrer dans ma vie. Le rythme de Rothenberg, de Beethoven, des Stones. Le rythme de Dieu, celui du diable, car c'est la seule chose que ces deux-là partagent. Le comte avait quelque chose d'extraordinaire qui n'était ni sa haute taille, ni son élégance, ni même le fait qu'il portait les richelieus qui avaient fait la fortune de ma famille de morts. L'extraordinaire attendait dans sa voiture, sur le siège passager, et je compris à cet instant, quand la portière s'ouvrit, que ce n'étaient pas les courbes de la six-cylindres que les autres admiraient. Une fille descendit, une jeune femme plutôt, même si elle était à peine plus âgée que moi. Elle avait l'air gênée, et il y avait de quoi. Quarante-deux regards ahuris, cinq ans pour le plus jeune, dix-sept pour le plus vieux, étaient braqués sur elle, rêvant de mère, d'amante ou d'un trouble mélange des deux. Fouine faisait mine de ne pas l'avoir remarquée, Sinatra louchait presque à force d'essayer de ressembler à son père. Seul Edison s'intéressait *vraiment* à la voiture, la tête glissée à l'intérieur.

Souzix toucha notre visiteuse du doigt. Elle sursauta, voulut faire un pas de côté, mais il attrapa le tissu de sa robe pour en éprouver la douceur, puis frotta sa joue dessus. À sa manière, Souzix était un connaisseur – cette fille ne portait pas n'importe quelle tenue. *Dior*. Maman m'avait si souvent emmené dans la boutique de la rue Montaigne que les vendeuses me considéraient comme un membre de la famille. Mes heures d'errance dans l'atelier, pendant ses essayages, m'avaient appris une chose ou deux. Cette robe rouge à la jupe évasée, fermée d'un gros bouton sur l'épaule, avait été dessinée par Marc Bohan pour la collection haute couture 1961-1962. Elle avait dû l'emprunter à sa mère. Le comte était riche, pas gaspilleur.

– T'as vu *Mary Poppins* ? demanda Souzix à la fille.

Elle l'étudia avec effroi.

– Alors, t'as vu *Mary Poppins* ou non ?

– Oui… On y va, papa ?

– Approche donc, Rose. Mon père, laissez-moi vous présenter ma fille.

La rose approcha, marchant avec raideur entre deux rangées d'orphelins. Elle fit une révérence démodée devant l'abbé.

– Je ne savais pas que vous seriez là si vite, monsieur le comte. Mademoiselle, désirez-vous un rafraîchissement ?

– Pour ma part, j'aimerais bien voir cette nouvelle toiture qu'il était si important d'installer, et dont le financement a valu à ma femme de ne pas pouvoir changer de voiture cette année, fit le comte en riant. Mais que voulez-vous, il faut bien protéger nos chers enfants de la pluie, n'est-ce pas ?

– Ils vous en sont tous très reconnaissants, monsieur le comte. Par ici…

– Je crois que ma fille s'épargnerait cette visite. La route l'a fatiguée. Peut-elle se reposer quelque part en nous attendant ?

L'abbé capta mon regard, arraché une seconde plus tôt aux courbes délicates de la fleur.

– Joseph, conduis notre invitée à mon bureau, et fais-lui monter ce qu'elle souhaitera boire par sœur Albertine.

– Un Coca-Cola, dit la fille.

Quarante-deux gamins éclatèrent de rire. Quelqu'un lança : « Y en a plus, il reste que du champagne ! » La rose serra les dents, l'abbé claqua sèchement des mains, la troupe se mit au garde-à-vous. Grenouille tira Sinatra, l'auteur de la remarque, du dernier rang, et le conduisit vers le bâtiment. Une main sur le cou, entre vieux amis. Les pieds de Sinatra touchaient à peine le sol.

Je conduisis la fille au premier, m'effaçai pour la laisser entrer – elle parut surprise. Elle arpenta la pièce, regardant dédaigneusement autour d'elle, les yeux brûlants sous sa frange noire. Elle était grande, très pâle, comme si le sang de ses joues était passé dans sa robe, avec un nez décidé, presque un nez d'homme. Des dents un peu trop larges, à croquer dans des pommes, le coin des yeux à peine tombant. Je ne savais pas qu'elle était belle, ou sur le point de l'être. Elle s'arrêta devant les étagères, le doigt sur le dos d'un gros livre coincé entre deux statues de la Vierge.

– C'est bizarre, non ?

Elle disait *bizaarre*. Elle doublait ses *a* avec élégance, juste cette voyelle-là, pas les autres, qui n'étaient pas aussi belles à doubler. Elle les laissait traîner et me donnait envie de les ramasser, Petit Poucet ahuri.

– Qu'est-ce qui est bizarre ? demandai-je avec un *a* d'une affligeante banalité.

– Cette encyclopédie. Il n'y a qu'un tome, T-Z. Pourquoi ?

– Je ne sais pas. C'est à Sén... à M. l'abbé.

– Hmm. C'est vrai que ça coûte cher, les encyclopédies. Moi, j'ai la *Britannica*. Entière.

– Que tu lis en buvant du Coca.

Elle me regarda longuement, comme savent le faire les femmes quand elles déclarent la guerre, la guerre sans quartier. Elle reprit ses déambulations, s'arrêta cette fois devant le piano, fit courir un doigt sur le couvercle.

– Il ne faut rien toucher, murmurai-je.

– Allume le plafonnier.

– Hein ?

– Allume le plafonnier, je te dis.

J'actionnai l'interrupteur. Du menton, elle désigna le néon blême.

– Tu vois ça ? C'est grâce à mon père que vous avez de la lumière. Il a donné quinze mille francs pour refaire le système électrique il y a trois ans. Je m'en souviens bien, vu que je n'ai pas eu ce que je voulais pour mon anniversaire, parce qu'il fallait *donner aux orphelins*. Sans lui, vous seriez albinos à force de vivre dans le noir comme des rats. Et trempés par la pluie, à cause du toit qui fuyait avant qu'on ne vous donne de quoi le refaire. Voilà, vous seriez des rats mouillés *et* albinos. Alors je touche ce que je veux. Parce que tout ça, conclut-elle en écartant les bras, c'est à nous.

Elle ouvrit le piano. *Son* piano. Ses mains étaient pâles, plus encore que son visage, presque exsangues. Elle avait les plus beaux doigts que j'avais jamais vus. Et quand elle joua, je retins mon souffle. Pas parce qu'elle était douée – elle ne l'était pas. Mais elle jouait Beethoven, la n° 26, « Les Adieux ». Un Beethoven hésitant, maladroit, un Beethoven paniqué, qui cherchait son chemin dans les buissons de la surdité. Elle me vit, fronça les sourcils.

– Pourquoi tu me regardes comme ça ?
– Pour rien.
– Tu n'as jamais vu quelqu'un jouer du piano ? Non, bien sûr, dans un endroit pareil, vous devez plutôt être habitués au banjo.
– C'est pas comme ça qu'on la joue.
– C'est pas comme ça qu'on joue quoi ?

Je m'approchai lentement, foulant à chaque pas la promesse que j'avais faite à l'abbé de ne plus toucher son piano, et quand je plaçai les mains sur le clavier, la promesse était morte. Rose n'avait pas bougé du tabouret. J'étais debout à côté d'elle, appuyé sur les touches sans peser, paralysé par l'attente.

– Alors ? lança-t-elle, goguenarde.

Elle sentait la poudre, les soucis, la lavande. Quelque chose d'officinal aussi. Et puis, en note de tête, cette touche indéfinissable d'arrogance lorsqu'elle est belle, nocturne, une arrogance d'aristocrate qui fuyait l'impertinence du soleil. Elle sentait la lune. J'entendais battre son cœur, fragile. Je ne pouvais pas le couvrir, ce battement, ç'aurait été criminel, mais il fallait bien mettre la force des « Adieux » dans ces premiers accords. Il fallait jouer vite, avant qu'on nous surprenne.

Il fallait jouer lentement, parce qu'on ne dit pas au revoir sans traîner des pieds, sans se retourner plusieurs fois, comme quand Momo avait vu sa terre s'enfoncer dans la brume, le sel aux lèvres. Et voilà tout ce que je devais loger dans un volume restreint, inexistant, quelques centimètres cubes à peine sous mes dix doigts, le *presto* l'*adagio* la fureur le silence, sous mes paumes arquées sur des oranges imaginaires.

J'y mis tout ça, dans trois appuis simples. *Mi bémol-sol*. Rose sursauta. *Si bémol-fa*. Me fixa bouche bée. *Do mineur*. « Les Adieux ». La porte refermée, doucement, d'un lieu où l'on ne reviendrait pas. Rose s'était mise à trembler, la respiration étrange, un peu sifflante. Elle devinait, entre les notes, des Caravelle tristes, des moments d'incandescence, les fantômes de Ludwig et les miens. Il y avait aussi, dans ces intervalles, des choses que ni Ludwig ni moi n'avions vues. Des guerres, des réconciliations, des serments de ne pas recommencer, des recommencements. Il y avait un baiser dans un jardin plein d'oliviers, trente deniers sous la lune, il y avait un rideau déchiré, une paix aveuglante, un centurion qui se rendait compte qu'il s'était trompé. Il y avait un effroi dans les fissures duquel, déjà, fleurissait la beauté. Rose tituba, prit appui sur le coin du piano. Je levai mes mains après une vingtaine de mesures. Les premières mesures de musique que je jouais de ma vie.

– Prodigieux.

Sur le seuil, le comte applaudissait avec le raffinement d'un habitué des salles de concert, l'abbé derrière lui. Sénac applaudissait aussi, avec une lenteur exagérée. Un tic soulevait le coin droit de ses lèvres, une dissonance sur ses joues rondes et glabres. Tout son être s'arc-boutait contre ce sourire de clown démaquillé.

– Prodigieux, répéta le comte. C'était magnifique, n'est-ce pas, Rose ?

Rose regardait tour à tour le piano, moi, le piano. Elle ne comprenait pas. Ne comprenait pas comment ce gringalet qui n'habitait pas encore complètement sa propre peau avait pu produire *ça*. Je ne comprenais pas davantage.

– Joseph est l'un de nos meilleurs éléments, annonça l'abbé. Maintenant, Joseph, si tu veux bien nous laisser et revenir me voir dans une heure… Il y a une petite affaire dont j'aimerais discuter avec toi.

– Un instant, mon père, un instant… Ma fille a besoin de cours de piano. Joseph pourrait peut-être lui en donner ?

– Ce serait avec plaisir, mais Joseph a déjà beaucoup de travail, et je crains qu'il ne puisse pas se libérer avant votre retour pour Paris…

– Nous ne repartons pas pour Paris. Ou plutôt, Rose et sa mère ne repartent pas pour Paris. Elles resteront là au moins jusqu'au début de l'année prochaine, à la propriété, le temps de régler certaines affaires sans importance. Je ferai l'aller-retour toutes les deux semaines, pour le week-end.

Le sourire de Sénac n'avait pas vacillé.

– Je vois, je vois. Ou plutôt, je ne vois pas tout à fait. Rose a… seize ans, je crois ? Elle doit bien entrer en première, non ? À Louis-le-Grand, m'aviez-vous dit. J'ai bien peur que le niveau général du lycée de Lourdes…

– Rose sera scolarisée à domicile, coupa le comte. J'accorde une grande importance à la qualité de son éducation, bien entendu. Et à ses cours de piano, puisqu'elle ne pourra pas regagner le Conservatoire avant mars ou avril. J'enverrai mon chauffeur tous les samedis, et il ramènera Joseph juste après la leçon. Vers quinze heures, ça ira ?

– Prendre des cours avec *lui* ? explosa Rose. Mais il est…

Sénac et son père attendaient. Aucun des deux n'avait compris. *Orphelin*.

– Il est quoi ?

– Il est… Il doit être occupé.

– Je suis sûr qu'il trouvera le temps, n'est-ce pas ? C'est réglé, alors ?

– Parfaitement, monsieur le comte.

– Formidable, formidable. Merci, mon père, pour votre accueil. Je repasserai plus longuement discuter des prochains investissements nécessaires au bien-être de nos ouailles. Tu viens, ma chérie ?

Sa fille fit un effort prodigieux pour se détacher du piano, rassembla ce qu'il lui restait de forces et me décocha un regard de haine pure, comme si tout était ma faute. Devant le piano, elle était pauvre. Je lui avais jeté sa médiocrité à la figure, je crus longtemps qu'elle m'en voulait pour ça. Je compris plus tard qu'elle m'enviait ma liberté. Une liberté encore maladroite, un tas de duvet gauche au vol tordu, zigzaguant, mais qui, l'espace de vingt mesures, avait filé comme l'aigle royal qu'il deviendrait un jour.

Rose sourit lorsqu'elle passa devant moi – elle était bien élevée. Cette haine fut le premier secret que nous partageâmes, une fondation solide sur laquelle nous bâtirions le reste, murs de mépris, tourelles d'indifférence, mâchicoulis, poterne, contrescarpe de dédain, de mesquinerie, de colère ravalée, une forteresse d'ombrage et de ressentiment qui s'effondrerait six mois plus tard au premier souffle de vent, preuve qu'elle n'était pas si solide après tout.

– Assieds-toi et tape.

Sur demande de l'abbé, j'étais remonté après le dîner. Il désigna la Hermès 3 000 sans redresser la tête, plongé dans sa bible. J'étais devenu virtuose. Feuille, rouleau, levier. Glisser, tourner, claquer. La Hermès 3 000 était prête.

– « À l'attention de M. le directeur départemental », à la ligne, « suite à votre demande d'évaluation de Joseph Marty en vue de son placement en famille d'accueil, j'ai le regret de vous informer que l'instabilité psychologique du jeune homme… » Tu ne tapes pas ?

Je m'étais arrêté à « famille d'accueil ».

– TAPE ! hurla l'abbé.

Il était blanc, il leva presque aussitôt la main en signe d'excuse.

– Reprenons… Nous en étions à… Ah, oui : « l'instabilité psychologique du jeune homme, doublée d'une propension au mensonge, me force, à mon grand regret, à vous retourner un avis défavorable », à la ligne, tu mets les formules de salutations habituelles, laïques, c'est pour l'Administration.

Les lettres dansaient sous mes yeux. J'avais mal au ventre, atrocement.

– Quelque chose ne va pas, Joseph ?

– Vous m'empêchez de partir…

– Je te permets de rester. Pour ton bien. Et celui de la famille en question.

Il prit un document, percha une paire de lunettes au bout de son nez.

– Les… Desmaret.

– Nos voisins ?

Les Desmaret habitaient en face de chez nous. Minuscules, tous les deux. Ils étaient retraités, et lorsqu'on leur demandait : « Retraités de quoi ? », ils répondaient invariablement : « Retraités de petite taille », ce qui les faisait rire aux éclats et nous tapait sur les nerfs, même si, au fond, nous les aimions bien. Ils n'avaient jamais eu d'enfant, juste ce chat rouge qu'Henri avait failli tuer avec le fusil de son père. Et ils avaient offert de m'adopter. De me recueillir, moi qui ne valais rien.

– Ce n'est que temporaire, Joseph. Ils pourront refaire une demande dans six mois, que je réévaluerai le moment venu.

– C'est dégueulasse.

Sénac se pencha, il respirait normalement. Aujourd'hui encore, je ne pourrais pas jurer l'avoir entendu hurler. Il avait peut-être soufflé: « Tape », avec sa douceur habituelle. Tout m'était hurlement.

– Qu'est-ce qui est « dégueulasse », Joseph ?

– Vous me punissez.

– Je n'aime pas ce mot. « Punition » signifie « vengeance ». Je préfère « correction », parce qu'il est porteur d'espoir, de changement, comme on corrige une trajectoire. Tu as fugué. Tu n'imaginais pas que j'allais laisser passer ça sans rien dire ? Et après avoir fugué, après m'avoir assuré, les yeux dans les yeux, que je pouvais te donner une nouvelle chance, tu joues du piano.

– Seulement pour aider cette fille.

– Pour l'aider, ou pour lui montrer à quel point tu joues bien ? Pour l'aider, ou pour le plaisir de transgresser un interdit ? Je t'ai recommandé dès le premier jour de te méfier de ton orgueil. J'en ai connu beaucoup, des jeunes comme toi, de bonne famille, qui arrivaient tard en institution et se croyaient tout permis sous prétexte qu'ils allaient en sortir rapidement, parce qu'ils avaient du piston.

– Je vous jure que je ne toucherai plus votre piano. Je ne savais pas qu'il était si important pour vous.

– Ce n'est pas *mon* piano, il était là quand j'ai succédé au père Puig. C'est un piano, c'est tout. Je n'en joue même pas. Mais pour toi, cet instrument est la tentation, ta vie d'avant. Et cette vie-là est terminée. Ici, aux Confins, nous préparons l'avenir.

– Vous n'êtes pas mon père !

J'avais crié. Sénac hocha la tête, je crois qu'il attendait ce moment depuis longtemps.

– Si, Joseph, je suis ton père. Vois : tu me donnes ce titre tous les jours, et tu n'y crois pas. Je suis ton père, d'abord, en vertu d'un pouvoir décerné par l'État. Je suis ton père, surtout, par la grâce d'une mission confiée au premier des apôtres, il y a fort longtemps, par Notre Seigneur Jésus-Christ. Comme lui, je comprends ta détresse. Comme lui, je détruirai le temple et je le relèverai. Mon rôle n'est pas de te plaire. Mon rôle est de te relever.

Il contourna le bureau.

– Agenouille-toi, car tu es pécheur.

– Je croyais que vous vouliez me relever.

Sa main saisit ma nuque. Il n'était pas très grand, il n'était plus tout jeune, mais il était d'une force incroyable.

– Ensemble, demandons au Seigneur d'éclairer notre route en confessant nos péchés. *Confíteor Deo omnipotenti*...

Mes genoux heurtèrent les dalles. Je cherchai en moi la protection de cette colère qui m'avait tant de fois secouru. En vain. J'étais plein de grands échos blancs.

– *Mea culpa,* murmura Sénac, *mea culpa, mea maxima culpa*...

Il appuyait de toutes ses forces sur mon crâne, abaissait mes yeux pécheurs vers la terre, vers mes doigts joints. C'est là, en regardant mes mains, que je le vis. Le signe qui me permet aujourd'hui encore de reconnaître un orphelin dans la foule, dans la nuit. D'un coup d'œil, de reconnaître un frère parmi la multitude. C'est un simple détail.

– … *et dimissis peccatis nostris, perducat nos ad vitam æternam.* Amen. Tu n'iras pas te coucher avant d'avoir terminé mon courrier.

C'est un simple détail. Un petit truc de rien du tout.

Tous les orphelins ont les mains qui tremblent.

À minuit, je tapais encore, les doigts meurtris de *veuillez agréer* et de *frère en Christ.*

Je ne crois pas aux miracles, mais il faut tout de même, parfois, se rendre à l'évidence. Vers une heure du matin, je fis une pause. Pendant que je m'étirais, mes yeux tombèrent sur le volume d'encyclopédie oublié là, orphelin lui aussi, juste à côté d'un précis d'ornithologie.

Le miracle n'est pas que je pris le volume. Souzix m'avait demandé qui était la Thérèse à qui Beethoven avait dédié sa vingt-quatrième sonate, et je me figurai l'y trouver. Je jetai un coup d'œil dans le couloir – personne. Le livre était lourd, je sens encore son poids, c'est fou ce que la vie pèse entre T et Z. Des Thérèse, il y en avait des flopées. Thérèse de Lisieux, Thérèse d'Avila, le prénom prédisposait à la sainteté. Aucune n'avait connu Beethoven, venue trop tard, venue trop tôt. Et aucune n'avait franchement une tête à aimer la musique – l'encyclopédie était illustrée.

Un bruit de pas se fit entendre. Paniqué, je voulus ranger l'encyclopédie. Mes mains ne m'obéissaient plus, raidies par des heures de frappe. La tranche frappa l'étagère au lieu de glisser dans son logement, rebondit. Le gros livre tomba, ailes de cuir déployées, pages contre terre. J'attendis, paralysé de terreur. Personne n'entra, les pas s'éteignirent. Grenouille qui patrouillait, peut-être. Ou une sœur prise d'un doute, en chemin pour l'église où le froid le tuerait. J'attendis encore, longtemps, avant d'oser bouger. Enfin, je ramassai l'ouvrage.

Il s'était ouvert au hasard.

Pour qui croit au hasard, ce qui n'est plus mon cas depuis cette nuit-là.

Il y a des jours où je suis fatigué. Où les doigts me pèsent, où je ne veux plus jouer. Où je pense : « À quoi bon, elle ne viendra pas. » Et je me sens lâche. Parce que d'autres avant moi l'ont ressentie aussi, cette fatigue, dans des nuits de jazz où la rage des cuivres retardait l'aurore, à Paris, Chicago, Johannesburg, dans des bouges, des *townships*, des caveaux, dans des églises roides où même les morts ont froid, doigts-piano, doigts-trompette, doigts-violon-orgue-contrebasse-saxophone, des doigts blancs, noirs, des milliers de doigts qui forgeaient la musique pour défaire le silence.

Ces jours-là, je pense à la Vigie et mes mains redeviennent belles, pleines d'ardeur de jeunesse.

Je suis membre d'une société secrète, tellement secrète qu'elle ne compta que sept membres à son apogée. Je ne parle pas de ces conspirations enfantines, de ces sociétés de soi que l'on invente par jeu. La Vigie sauva des hommes qui n'en étaient pas encore, pas tout à fait.

– La dernière fois t'a pas suffi ?

Sinatra montra ses poings lorsque, le 10 août 1969, je soulevai la trappe qui menait au toit. Edison, Souzix, Fouine et lui formaient un cercle autour de leur transistor de fortune. Fouine éteignit tout de suite le poste, mais j'eus le temps d'entendre une voix. Une voix que j'apprendrais à connaître, une voix de sortilège qui sautait les montagnes pour charmer les vallées. J'apprendrais que même un ange pouvait avoir l'accent espagnol.

Les quatre ouvrirent des yeux plus ronds encore quand Momo émergea derrière moi.

– On veut être membres de la Vigie.

– Refusé, dit Fouine, qui fit un signe à Sinatra. Vas-y, donne-leur un coup de tampon, qu'ils comprennent bien.

Sinatra approcha, s'arrêta net en voyant que je ne bougeais pas. Il s'était assez battu pour savoir que ce calme était celui de l'homme armé. Il avait raison. Je mis la main dans ma poche, il se tassa sur lui-même, attendant l'éclat du couteau. Je sortis une feuille de papier.

– C'est une page de l'encyclopédie de l'abbé. S'il s'aperçoit que je l'ai découpée, je suis mort.

Fouine haussa les épaules.

– On est au complet. Une page de dictionnaire, ça change rien.

– C'est pas *une* page de dictionnaire. C'est la plus importante. La seule chose que tu dois connaître dans toute l'encyclopédie.

Je la dépliai avec précaution. L'air décontracté, mais mes doigts tremblaient. On ne manipule pas une telle bombe sans transpirer un peu. Quatre visages se figèrent. Presque l'effet que j'obtiens quand je joue Beethoven.

La page commençait par VULPIN : *graminée annuelle de la famille des Poaceae*. Autant dire que les graminées, ces gars-là s'en foutaient. Ils fixaient le mot suivant. VULVE. Et, dessous, l'immense illustration en noir et blanc, un quart de page à elle seule, un quart de page dédié à la cartographie de cette terre inconnue et de ses reliefs ahurissants, détaillés en italiques exotiques : *Mont de Vénus, Clitoris, Petites et Grandes Lèvres*. Le dessin était d'une précision admirable, on devinait la naissance des cuisses écartées, on imaginait l'artiste allongé là, son carnet à la main, à quelques centimètres à peine de son modèle, si près qu'on se demandait comment il n'était pas brûlé, aveuglé, rendu fou par cette intimité, comment il trouvait la force de dessiner chaque poil, de donner ce beau drapé à la lèvre droite, légèrement plus ouverte que la gauche.

Edison lorgnait bouche bée, fasciné par cette mécanique futuriste aux boulons invisibles. Sinatra arborait un rictus sarcastique, méprisant, *si vous croyez que c'est la première que je vois,* que décrédibilisait quelque peu la bosse dans son short. Les yeux de Fouine passaient du dessin à moi. Souzix demanda :

– C'est un ours ?

– C'est une fille, idiot.

Souzix me prit la page des mains, Edison voulut s'en saisir, Sinatra s'interposa. Je levai la main, calmement.

– Chacun son tour.

Ils m'étudièrent avec stupeur, l'admiration due à l'homme qui garde son sang-froid quand la terre tremble. Mon sang-froid, je l'avais travaillé. J'avais regardé le dessin de tout mon saoul la veille pour m'y habituer, sans savoir encore qu'on ne s'y habitue jamais.

– Si on devient membres de la Vigie, Momo et moi, la page est à vous. À *nous*. Sinon…

– Sinon ?

– C'est trop dangereux de la garder tout seul. L'abbé pourrait la découvrir. Je la brûle.

Ils pâlirent tous les quatre.

– T'oseras pas, dit Sinatra.

– Ah non ? Alors pour commencer, je vais la déchirer.

Je levai la page, pincée entre deux doigts, et je…

– Arrête ! cria Fouine. C'est bon, c'est bon. Toi, mais pas le débile alors.

– Il s'appelle Momo. Appelle-le encore une fois débile et je te défonce la tête.

J'étais sérieux, il le vit. Momo souriait, Momo souriait toujours.

– D'accord, t'énerve pas. Je vote pour. Les gars ?

– Moi aussi, fit Edison.

Souzix acquiesça avec solennité. Seul Sinatra me regardait d'un air méfiant.

– Qu'est-ce qui nous dit qu'il essaie pas de nous enfumer ? Que c'est pas un coup de Sénac pour nous espionner ?

– Si Sénac savait qu'on est là, il se contenterait pas de nous espionner.

– Comme vous voulez, fit Sinatra. Vous direz pas que je vous avais pas prévenus, si c'est un traître.

– Quatre voix en faveur, alors.

Fouine me tendit la main puis, après une hésitation, à Momo.

– Bienvenue dans la Vigie.

On me demande souvent si je l'aurais déchirée, cette page, *vraiment*. Bien sûr que non, mais pas pour les raisons que vous croyez, même si le sang rage un peu plus fort à cet âge-là. Je pensais à la femme qui avait servi de modèle. Ça n'avait pas dû être facile, de se montrer comme ça, de s'offrir pour nous. Il fallait du courage. Cette femme vivait quelque part, à l'instant où nous l'admirions, elle vaquait à ses occupations en robe de chambre, elle préparait du café. Peut-être qu'elle était vieille si le dessin datait, peut-être qu'elle regardait elle aussi l'encyclopédie, et la vulve de sa jeunesse, avec un soupir mélancolique. Alors non, je ne l'aurais pas déchirée. Je ne voulais pas manquer de respect à une héroïne.

– Un dernier point, renchérit Fouine. Ici, c'est

chacun pour soi. Si quelque chose t'arrive, on te connaît pas. Si quelque chose *nous* arrive, tu nous connais pas. Répète.

– Chacun pour soi.

– Parfait. Maintenant, vous la fermez. Tous les deux. À cause de vous, on a raté la moitié de Marie-Ange.

Marie-Ange Roig. Je fis sa connaissance ce soir-là, quand ils rallumèrent leur radio. La femme idéale que chacun se construisait était un collage, un assemblage maladroit de fragments de beauté entrevus ici ou là. Quand Camille se penchait pour soulever son fils avec un débardeur trop large. Sur la couverture d'un magazine lors d'une sortie au village, ou par la fenêtre du bus qui nous emmenait à Lourdes, lorsqu'une décapotable nous dépassait en plein été. On pouvait débattre à l'infini, affirmer que la femme parfaite devait avoir la silhouette de Gina Lollobrigida ou celle de Sophia Loren, le sourire de Claudia Cardinale ou celui de Grace Kelly, les yeux de Bardot ou ceux de Marie Laforêt. Mais pour la voix, ils étaient tous d'accord. C'était celle de Marie-Ange Roig, même si l'absence totale de concurrence lui offrait un avantage quelque peu déloyal.

Marie-Ange animait *Carrefour de nuit*, une émission que la Vigie écoutait religieusement tous les dimanches soir sur Sud Radio, l'unique station que le poste construit par Edison captait. Sa voix montait d'Andorre vers le pic du Midi. De là, enfourchait une onde moyenne de 367 mètres (les jingles n'arrêtaient pas de le répéter, ce devait être important), et, à dos d'onde, se lançait à l'assaut des sommets, bravant le froid, la solitude, les tempêtes, pour parvenir jusqu'à nous – nous n'avons jamais imaginé qu'elle parlait à d'autres. Il arrivait lors d'un orage que la voix se perde, désarçonnée, sa monture frappée à mort par la foudre. Nous redoutions alors qu'elle ne revienne jamais. Mais la voix était éternelle. J'aime à penser, cinquante ans plus tard, que ses échos dispersés voyagent toujours, à la vitesse du son, vers les frontières glissantes du cosmos. Qu'une intelligence distante et infinie la captera un jour. L'écoutera, songeuse. Et se dira que nous étions bêtes, mais que nous étions beaux.

Marie-Ange rendit l'antenne une heure plus tard, nous livrant à une nuit juste un peu plus noire, juste un peu plus froide. Ces creux entre les ombres étaient les plus dangereux.

– On fait un jeu ? je proposai.

– Un poker ? On n'a pas d'argent.

– Pas besoin d'argent.

– Comment tu veux jouer au poker sans argent ?

– J'ai jamais parlé de poker !

– T'as dit que tu voulais jouer, oui ou non ?

– Il pensait peut-être au black-jack, hasarda Sinatra. Mais faut du fric aussi.

– Arrêtez avec votre foutu fric. Je vous parle d'un jeu comme ça. Pour le plaisir.

– Pour le *plaisir* ?

Ils ne comprenaient pas. Un gouffre nous séparait encore, même si je venais de passer orphelin professionnel.

– On connaît pas de jeu pour le plaisir.

– On n'a qu'à l'inventer.

Ils échangèrent un regard. Ces quatre-là passaient leur vie à se regarder pour ne pas tomber, comme on se retourne pour s'assurer que papa n'a pas lâché le vélo sans rien nous dire, après avoir enlevé les petites roues et juré qu'il nous tenait.

– On pourrait faire… un concours de tristesse, suggéra Edison, que le mot « inventer » titillait.

– C'est quoi un concours de tristesse ?

– Celui qui raconte l'histoire la plus triste. Le gagnant a le droit de se faire remplacer pour une corvée par chacun des autres.

– Sauf le nettoyage des chiottes, intervint Sinatra. Je le ferai pas deux fois.

– Et Momo est dispensé, ajoutai-je.

– Je commence, annonça Edison.

Le soleil se leva sur le fleuve Sénégal. Dans le boui-boui du delta où elle officiait comme serveuse, la mère d'Edison était tombée amoureuse d'un beau monsieur en costume, un diplomate français qui l'avait invitée à venir en France, dans le Jura, au bureau des Nations unies où il travaillait. Personne n'avait dit à cette gamine de seize ans des faubourgs de Saint-Louis qu'il n'y avait pas de bureau des Nations unies dans le Jura. Le diplomate dirigeait une entreprise de transport, c'était tout de même pas mal. Il l'avait logée dans un petit appartement au-dessus d'un bar où il la visitait régulièrement, et où il envoyait parfois ses amis pour arrondir les fins de mois. Edison était né, de père plus ou moins inconnu, mais de père blanc à coup sûr. Un soir, le diplomate avait convié sa mère à une soirée fine, et lorsque la belle de Saint-Louis, un peu fatiguée, lui avait demandé ce qu'était une soirée fine, il avait expliqué : « Un endroit où on appréciera cette jolie peau chocolat » en lui décochant une claque sur les fesses. Edison ne sut jamais si l'on avait apprécié la jolie peau chocolat de sa mère, car le diplomate et elle se tuèrent sur le chemin du retour. Le diplomate avait deux grammes de mauvais champagne dans le sang. Il s'encastra, ironie du sort, dans l'un de ses camions, tombé en panne le soir même sur le côté de la départementale à l'entrée de la ville.

Les autres applaudirent en connaisseurs, et se tournèrent vers moi. Je voulus leur parler de l'avion, je revis le type en veste trop grande que les Fournier avaient chassé, sa gouache bouleversante et son Christ écharpé, j'ouvris la bouche, aucun son n'en sortit mais deux larmes imbéciles coulèrent de mes yeux, enfin. Ils regardèrent tous ailleurs.

– Forfait, déclara Fouine, qui ne perdait jamais le nord, vu qu'il le gardait. À moi.

Il entra dans la compétition avec l'effondrement de l'immeuble qui avait coûté la vie à ses parents. Il en rajoutait, décrivait l'univers qui se tassait sur lui-même, dans le cadre en CinémaScope d'un dessous de lit, un vrai film catastrophe, un *Titanic* de béton grêlé et de plâtre construit par des marchands de sommeil, la poussière, les cris, puis le silence, comme si l'immeuble s'était enfin endormi, même le cordonnier du rez-de-chaussée qui travaillait d'habitude toute la nuit. On retrouva intacte la dernière paire de chaussures qu'il avait ressemelée, et ses propriétaires déposèrent ce qu'ils lui devaient sur son cercueil. Fouine inventait, c'était sûr, mais son public le prit comme une marque de considération, et ne fut pas avare d'applaudissements.

Sinatra relata les adieux déchirants de sa mère et d'Old Blue Eyes. L'épicière de Figeac avait écrit au crooner peu après pour lui annoncer qu'elle était enceinte. Frank avait répondu qu'il viendrait. Il n'était pas venu parce qu'on l'avait internée avant, sa mère, et que l'agent juif du grand Sinatra l'en empêchait de toute façon.

– Pourquoi son agent *juif* ? demandai-je.

– J'en sais rien, moi, il est juif, c'est tout. T'as un problème avec ça ? T'es juif ?

– Non. Enfin un peu. Mon grand-père était juif. Je suis un quart juif, en quelque sorte.

– Ça marche pas comme ça chez les Juifs. Tu l'es ou tu l'es pas. De toute façon, si c'est un quart, ça fait à peu près quinze, vingt pour cent, c'est pas grave.

– C'est sûr que c'est mieux que d'être cent pour cent con.

Sinatra plissa les yeux d'un air suspicieux, je lui offris mon plus beau sourire. Edison se retenait de rigoler.

– Ouais, c'est sûr, finit-il par dire.

Applaudissements mous pour Sinatra. Tout le monde se tourna vers Souzix. Le petit haussa les épaules.

– J'ai pas d'histoire triste.

– Tu plaisantes ? Tu dois bien en connaître une ? lui dit Fouine.

– Ben non.

– Même inventée. Tiens, tu nous bassines tout le temps avec *Mary Poppins*. C'est pas triste, cette histoire ?

– J'en sais rien, moi.

– Comment ça, t'en sais rien ?

– Ben, j'ai pas vu tout le film. Ma mère adoptive et son nouveau copain m'avaient emmené au cinéma, mais ils se sont disputés au début de la séance, Jean-Pierre disait que Suzanne était une salope, et c'est là qu'elle est sortie, et quand elle est revenue, Mary Poppins venait juste de sauter dans un dessin animé avec ses amis, et Suzanne avait ramené le fusil, et Jean-Pierre a crié, elle a tiré, il y a eu du sang partout et ils ont dû arrêter la séance, la police est arrivée, et c'est comme ça que Jean-Pierre a fini au cimetière, et Suzanne en prison, et que moi j'ai jamais vu *Mary Poppins* en entier, et j'aimerais bien trouver quelqu'un qui l'a vu pour me raconter la fin. Alors désolé, mais j'ai pas d'histoire triste.

Une semaine plus tard, je pris la corvée de bois de Souzix, Sinatra, le balayage de la cour, Fouine, le cirage de quarante-deux paires de chaussures. Edison se chargea de la vaisselle. Souzix affirma que, décidément, il ne comprenait rien à nos jeux de grands.

L'attente, interminable. Elle le fut tous les samedis, sauf un. La maison de famille de Rose n'avait rien à envier aux Confins, une vraie bâtisse de pénitent. Des murs noirs au fond d'un parc dont les allées se croisaient à angle droit, un entrelacs de persiennes et de palmes dévoré par une végétation sortie de ses serres, de ses parterres, à la mort du dernier jardinier. L'hiver, quand la nuit tombait tôt, l'endroit s'animait d'ombres folles. Je hâtais le pas, redoutant de rencontrer, par ces croisements, le diable sous son chapeau de feutre, pacte à la main. *Je ferai de toi le plus grand musicien de tous les temps. Je te ferai entendre le rythme. Signe là.* En d'autres lieux, d'autres carrefours, certains avaient signé. Paganini, le plus grand violoniste de tous les temps, dont on disait que sa mère avait vendu son âme à sa naissance. Le joueur de blues Robert Johnson, piètre guitariste revenu virtuose après avoir disparu quelques semaines du côté de Clarksdale, Mississippi. À l'intersection des routes 49 et 61, murmurait la légende, le diable avait accordé sa guitare. Et peut-être Rothenberg, pour ce que j'en savais, lors de son voyage en Pologne. Sauf que Rothenberg, comme Paganini, avait été forcé de signer, lui aussi. Pas par sa mère, mais par des hommes en uniforme bien repassé.

Grenouille m'avait conduit au manoir pour cette première leçon – Sénac avait insisté, déclinant l'offre du comte d'envoyer son chauffeur – dans la vieille DS que l'administration française avait généreusement offerte aux Confins. L'ancienne voiture de fonction, disait-on, d'un sénateur ou d'un secrétaire d'État. Des taches suspectes brunissaient la banquette arrière. Chaque fois qu'une sœur s'y asseyait, nous nous réjouissions de la voir se tasser contre la portière, au cas où les taches seraient celles de fluides diaboliques.

Grenouille m'avait regardé du coin de l'œil pendant tout le trajet, un petit sourire aux lèvres.

Il ne parla qu'une fois, quand il mit la main sur le bouton de la radio.

– Paraîtrait que t'aimes la musique ?

– Oui…

– Moi aussi.

Il ôta sa main de la radio et se mit à chanter :

– *Contre les Viets, contre l'ennemi, partout où le devoir fait signe, soldat de France…*

Il me tapa dans l'épaule tout en conduisant.

– Allez chante ! Tu vas pas aller chialer chez les gendarmes parce que je t'ai fait chanter, hein ?

– Je connais pas les paroles…

– *Ô Légionnaire, le combat qui commence*, répète bordel !

– Le combat qui commence…

– *Mets dans nos âmes enthousiasme et vaillance…*

– Enthousiasme et vaillance…

– C'est bien mon gars ! *Peuvent pleuvoir grenades et gravats, notre victoire en aura plus d'éclat.*

Et il répéta en me regardant, quittant complètement la route des yeux sur une portion où chaque tournant avait brisé des vies :

– *Notre victoire en aura plus d'éclat !* Elle a pas l'air de te plaire, cette chanson.... T'aimes pas l'armée ?

– Je sais pas.

– S'il y avait pas des gars, des bons gars, qui se sacrifient pour des petits cons comme toi, la France, elle existerait plus depuis longtemps. On parlerait crouille, ou niaquoué. Et tu sais à cause de qui ? De Gaulle. Mais pas que lui. Coty, Mendès France. Tous des faibles. T'aimes ça, toi, les faibles ?

– Je sais pas…

– « Je sais pas, je sais pas… » Mais geindre, ça tu sais faire, hein ? T'es un faible, toi aussi ? Attends, rassure-moi… T'es pas pédé au moins ?

Sa main s'abattit entre mes cuisses, serra ce qu'elle y trouva. Des lumières devant mes yeux, la nausée. *Ne pas crier*. Grenouille siffla.

– Mais dis donc, c'est qu'y a du matériel là-dedans !

Il serra plus fort.

– Ce serait dommage que t'aimes pas les dames, avec un équipement pareil.

Sa main s'attarda encore un peu, puis il me lâcha pour donner un coup de volant. La DS passa le virage de justesse. « Ces enfoirés de pédés », marmonna Grenouille en secouant la tête, et ce fut tout.

Il attendait maintenant dans la voiture, fumant par la fenêtre ouverte, pendant que je patientais dans un corridor sombre, sur un banc de chêne creusé par des années de fesses maigres, jansénistes. Des fleurs poussaient sur le mur face à moi, jungle exotique insoupçonnable du dehors. Roseau indien, stapelia, limodoron chinois, des gravures en couleur du dix-huitième siècle accrochées du sol au plafond. Certains des noms s'égaraient dans l'obscurité. Je patienterais chaque samedi une longue heure avant d'être reçu par Rose, supposant que c'était pour rien. Je me trompais, je n'attendais pas pour rien, mais je ne le sus que le samedi 7 février 1970.

Je ne suis pas obsédé par les dates. C'est juste que j'ai promis de ne rien oublier. Et un 7 février n'est pas un 12 mars ni un 8 avril. La lumière n'est pas la même. Les fleurs ne sont pas les mêmes, sauf celles qu'un graveur patient avait embaumées dans leurs grands cadres noirs.

Après une heure, la gouvernante m'introduisit dans un salon. Pull sarcelle, pantalon blanc, Rose était alanguie devant un piano d'étude Kawai, un instrument de bastringue qui détonnait sous les fresques du plafond, angelots roulés pêle-mêle sur des rivages de plâtre. Elle ne me dit pas bonjour, ne me regarda pas. Elle se décala juste sur le banc, le plus loin possible, pour me permettre de m'y asseoir sans risquer la contagion. Sa mère entra, une petite femme valétudinaire qui murmura simplement : « Alors c'est toi, l'orphelin. » Elle l'avait dit sans mépris, d'un ton d'infirmière habituée à la puanteur des gangrènes. Elle fit signe à la gouvernante de s'installer dans un coin et disparut. La vieille nous chaperonna pendant toute l'heure que dura le cours, précaution bien inutile tant Rose et moi nous détestions viscéralement. Mais les choses avaient commencé comme ça pour Tristan et Isolde, et la famille ne voulait pas risquer qu'on écrivît un jour un opéra sur nous.

Rose était pâle, arrogante. Rose était mince comme un roseau indien, aussi peu douée pour la musique. Je pris soudain Rothenberg en pitié : j'étais peut-être sa Rose à lui. Malgré les griffures que je lui infligeais, mon vieux maître m'avait cultivé pendant des années, sans autre protestation qu'une claque occasionnelle derrière la tête. Après trente minutes, la gouvernante finit par s'endormir et se mit à ronfler. Rose leva les mains du clavier.

– C’est bon. Tu n’as qu’à jouer et faire des fautes de temps en temps, on croira que c’est moi.

Jouer, je ne demandais que ça. Sauf que cette fille m’empêtrait. L’air entre nous durcissait, celui de ces rêves lourds dans lesquels je courais, depuis le fond d’un avion, vers le cockpit où le pilote faisait le mauvais choix. Elle prit un livre et m’ignora, je plaquai quelques accords distraits. Le premier qui parlerait ploierait le genou devant l’autre. J’avais ma fierté.

– Qu’est-ce qu’il fait ton père ? demandai-je.

– Il est dans l’industrie.

– Pourquoi vous ne remontez pas à Paris, si tu entres en première ?

– On ne te paie pas pour poser des questions.

– Vous ne me payez pas du tout.

– On paie ton orphelinat, c’est pareil.

– C’est pas *mon* orphelinat. Je le déteste.

– T’as qu’à partir alors.

– « T’as qu’à, t’as qu’à », ça marche peut-être chez vous, les nobles, mais pas là-bas.

– Je ne suis pas noble.

Je me mis à rire, j’égrenai un arpège maladroit, difforme, et lançai :

– Tiens, c'est toi qui viens de jouer. C'est sûr que c'est pas noble.

Elle se leva, très calme. Le soleil entrait par l'ouest à grandes brassées. Elle irradiait, son pantalon blanc comme un jour de neige, les bras un peu séparés du corps. Elle respirait avec délicatesse – j'ignorais qu'on pouvait respirer avec délicatesse. Petit berger inculte, je serais tombé à genoux devant cette vierge hautaine. J'entendis la voix de M. Fournier, je revis son expression chaque fois qu'il me tapait dans le dos pour me demander avec un gros clin d'œil « Alors ça y est, t'as vu la Vierge ? » Et sans crier gare je pensai à l'encyclopédie, cette foutue encyclopédie qui allait tout mettre en branle, je superposai le dessin à son pantalon blanc, j'imaginai sa vulve à elle, en couleurs, de ce rose florentin, éblouissant, des anges de Pontormo. Rose m'observait. Je suis sûr, aujourd'hui encore, qu'elle *savait*. Les femmes savent toujours. Elles nous regardent tomber en secouant la tête, tomber du ciel, tomber des nues, dans des trous, en chute libre, tomber bien bas, à genoux, toujours tomber, nous qui avions juré de prendre de la hauteur.

Elle réveilla la gouvernante.

– Le cours est terminé. Vous pouvez le reconduire.

C'est toujours dans cette position que je revois Rose quand je pense à elle. La tête un peu penchée, cachant ses effrois au fond d'un sourire, un sourire de carnaval qui consolait et accusait en même temps. Et je ne serais pas étonné que ce fût en la voyant dans cette même position, elle ou une autre, qu'un petit Napolitain tuberculeux du nom de Pergolesi écrivit, il y a presque trois cents ans, *stabat mater dolorosa*, avant de poser sa plume et de s'endormir à jamais.

À la gare de la Baltique à Saint-Pétersbourg, il y avait au tournant des années 2010 un incroyable piano public, un vieux Bösendorfer. Là-bas, on faisait les choses en grand. Je jouais depuis une demi-heure en attendant mon train, je venais d'entamer la *Sonate n° 9*, quand des rires montèrent dans mon dos. Deux policiers, hilares sous leur chapka. Ce n'était pas de moi qu'ils se moquaient mais de leurs chiens, deux bergers allemands qui s'étaient assis côte à côte au bout de leur laisse pour m'écouter, tête légèrement penchée. Vous me direz que les Allemands ont la musique dans le sang. Les chiens réagissaient en connaisseurs, frémissaient aux chromatismes du premier mouvement. Pressentaient dans cette sonate, que certains disent mineure, les grandes à venir. Ils restèrent sans bouger jusqu'à la fin, et leurs maîtres cessèrent de rire pour écouter à leur tour. Quand j'eus fini, un policier désigna les bergers, lança quelque chose en russe puis, voyant que je ne comprenais pas, répéta avec un fort accent : « *The dogs, them very happy* ».

Chostakovitch, qui adorait son terrier Tomka, affirmait que si les chiens avaient une vie si courte c'est parce qu'ils prenaient trop les choses à cœur.

Pergolesi, vingt-six ans. Mozart, trente-cinq ans. Schubert, trente et un, Purcell, trente-six, Lili Boulanger, vingt-quatre ans. Et même Brian Jones, qui avait fondé les Stones, vingt-sept ans. La plupart des grands n'ont pas vécu très vieux. N'en déplaise aux légistes, je vous dis, moi, que c'est toujours un problème de cœur.

– Allez, raconte ! me pressèrent les autres le lendemain soir. C'était comment chez la bourgeoise ?

Momo était assis dans un coin de la terrasse avec Asinus. Il souriait. En une semaine, son statut à l'orphelinat avait changé. Fouine était venu s'asseoir près de lui dans la cour un matin, il lui avait *parlé*, et les hyènes qui tourmentaient habituellement le petit pied-noir durant la récréation avaient reculé en soufflant, furieuses. Le petit pied-noir, comme on l'appelait malgré son mètre quatre-vingts et sa moustache, était désormais sous la protection d'un roi.

J'avais toujours cru que Momo souriait tout le temps. J'appris ce soir-là à ne plus confondre un simple étirement des lèvres, le seul mouvement que son visage savait faire, avec de la joie. La joie vraie se devinait dans ses mains qui décoiffaient son âne au lieu de pendre, mortes. Elle se lisait dans son regard raccourci, ses yeux d'hypnotisé qui oubliaient Oran, cessaient de fouiller l'horizon vide depuis le cap de l'Aiguille pour se braquer enfin sur le présent. Dans ces rares instants, Momo avait l'air d'être avec nous, *vraiment*, comme si son orbite frôlait soudain la nôtre. Nos ellipses se touchaient avant de diverger de nouveau.

– Ra-conte ! Ra-conte ! scandaient les autres.

– Raconter quoi ?

– Ben la leçon de piano. La fille.

– Tu l'as vue toute nue ? renchérit Souzix.

– Ça va pas non ?

– On voit pas une fille toute nue comme ça, expliqua Fouine, magnanime. C'est très difficile.

Souzix écoutait d'un air grave – Fouine était le seul qu'il respectait vraiment.

– Comment on fait ?

– Il faut travailler pour. Comme si tu chassais un animal rare. Il faut pas l'effrayer, mais il faut pas hésiter non plus.

– *Toi,* t'as besoin de travailler, intervint Sinatra. Mais mon père, il claque des doigts et la fille se déshabille.

– C'est vrai, fit Edison. Ça a marché pour ta mère.

– Parle pas de ma mère comme ça, petit morveux !

Ils s'agrippèrent au col, on les sépara. Fouine se tourna vers moi.

– Alors, tu racontes ou tu racontes pas ?

– J'ai rien à raconter. Cette fille comprend que dalle à la musique.

– T'as qu'à lui apprendre. C'est l'idée, non ?

– C'est pas si simple.

Fouine tira de sa poche une barre chocolatée qu'il avait négociée dans la semaine, un trésor au riz soufflé pour lequel il avait dû jouer serré, consolider un lot de corvées et vendre en gros. Il en croqua un bout et me la passa.

– C'est pas simple, la musique ?

– Non. Il y a une histoire de rythme. Tous les grands l'ont. Même les Stones.

– Qui ça ?

– Vous plaisantez ? Vous connaissez pas les Stones ?

– On connaît Sinatra, dit Sinatra.

– Il a le rythme, lui aussi. Comme les Stones.

Sinatra eut l'air surpris, je crois qu'il ne fut jamais si près de m'aimer. Edison avait un tic nerveux, parce qu'il voulait comprendre.

– Mais c'est *quoi*, ce rythme ?

– J'en sais rien, il faut l'entendre.

– C'est réel ?

– Bien sûr que c'est réel. Il n'y a rien de plus réel.

– C'est scientifique ? insista Edison. Ça envoie des fusées dans les étoiles ?

À cette question au moins, et c'était bien la seule, j'avais la réponse.

– Bien sûr que oui, ça envoie des fusées dans les étoiles.

Rothenberg insista, à cause de sa jambe. Ma mère insista parce que c'était une bonne action. Mon père insista parce que ma mère insistait.

Un jour de février, quelques mois avant l'accident, j'accompagnai mon vieux professeur, qui boitait depuis son opération de la hanche, dans le onzième arrondissement. Une véritable corvée, et je le leur fis comprendre à tous – sauf à Rothenberg, que je redoutais – en roulant des yeux et en soupirant. Mes parents ne se déplaçaient qu'en voiture, mais Rothenberg tint à me faire prendre les transports *en commun*.

Dans le métro, Rothenberg se taisait. Je me sentis obligé de faire la conversation.

– Vous avez vu qu'on allait envoyer des hommes sur la Lune ?

Il sursauta, me regarda distraitement, ne répondit rien.

Au numéro 2 de la rue du Dahomey, une façade Art déco cache un immense atelier. *Cachait*. On l'a détruite depuis, parce qu'elle était belle. Il fallait sonner. Un homme ouvrit, costume strict, sourcils hautains. Il baissa les yeux sur Rothenberg, que je dépassais d'une tête et qui flottait dans un costume qu'il avait dû acheter en 1945, d'occasion. J'eus horriblement honte. L'homme tressaillit, il allait appeler la police, c'était certain.

Il n'appela pas la police. Il s'inclina presque jusqu'au sol.

– Monsieur Rothenberg, j'ignorais que vous veniez aujourd'hui.

Il fit un pas de côté, claqua des mains. Deux autres types qui lui ressemblaient étrangement, en plus jeunes, nous introduisirent avec les mêmes courbettes dans l'atelier. Sous une voûte de métal arachnéenne, une vingtaine de pianos piaffaient d'impatience dans leur livrée noire. Le parquet brillait, deux tasses de porcelaine brillante apparurent sur un plateau d'argent brillant

– Rothenberg refusa d'un geste. L'odeur de cire, de laque et de vernis me faisait tourner la tête.

– Rudolf vous a bien dit que je viendrais ? s'enquit le vieux léopard, impatient.

– Bien sûr, monsieur Rothenberg, mais M. Serkin a omis de nous préciser quel jour. Ne vous inquiétez pas, tout est prêt, l'accordeur est passé hier. Juste quelques instants pour préparer… Je pense que vous serez content.

L'homme s'éloigna à reculons. J'étudiai Rothenberg, intrigué par ce roi sans trône que je côtoyais sans le connaître.

– Pourquoi tu me regardes comme ça ?

– On vous traite comme… Vous êtes célèbre ou quoi ?

– Qu'est-ce que tu croyais, que j'étais juste un vieux Juif de Noisy-le-Grand ? Qui te dit que je n'ai pas été un pianiste adulé, avant la guerre ? Que je n'ai pas rempli des salles dans le monde entier, fait pleurer des brutes ? Qui te dit que je n'ai pas décidé de me taire parce que j'en avais assez ?

– Bien sûr, je…

– Je te taquine. Je suis juste un vieux Juif de Noisy-le-Grand. J'ai simplement des amis très célèbres qui me font confiance pour choisir leurs pianos.

– Mais…

– Mais quoi ?

– Si vos amis sont très célèbres et qu'ils vous font confiance, qu'est-ce que ça fait de vous ?

Il hocha la tête.

– Très bonne question.

Et ce fut tout. Il attendit les mains dans le dos face au parquet, une plaine en point de Hongrie peuplée de monstres noirs. Le type en costume reparut.

– Par ici, monsieur Rothenberg, monsieur.

Je faillis regarder derrière moi quand il m'appela « monsieur ». Sur une estrade au fond de la salle, surveillant sa horde de pianos, un Steinway impérial attendait. Un assistant apporta un tabouret, un autre un coussin. Rothenberg les repoussa. Il se mit debout devant l'instrument qui patientait, la gueule ouverte, prêt à punir la moindre erreur. Il caressa le clavier.

– Douze mille pièces individuelles. Le bois vient de la forêt où Antonio Stradivari coupait son bois. Le cadre doit résister à vingt tonnes de tension. Ça ne vaut pas toutes tes fusées, peut-être ?

– Ça dépend, répondis-je. Si on veut aller sur la Lune, non.

Rothenberg fit un geste vague.

– Un métronome.

On lui apporta un métronome. Il le régla sur 60, me regarda et joua *sol dièse – do dièse – mi*, trois fois de suite. Les premières notes pour la main droite de la nº 14.

– Quel est l'intervalle entre ces notes, Joe ?

– Deux tons et demi, et un ton et demi.

– Très bien.

Il rejoua les mêmes notes, trois fois, au même tempo, sans *rubato*, sans pédale, sans rien changer en apparence. Mais elles sonnaient différemment, et j'eus envie de pleurer. Le type en costume avait fermé les yeux.

– Quel intervalle entre ces notes, Joe ?

– Toujours deux tons et demi et un ton et demi.

– Tu trouves que ça sonnait pareil ?

– Non.

– Alors quel intervalle ?

– Je ne comprends pas, monsieur Rothenberg. Entre sol dièse et do dièse, il y a…

– Il y a *metsiout*. La réalité vraie des kabbalistes, la lumière qui relie toutes choses. Il y a le rythme. Pas besoin de fusée pour aller sur la Lune. Elle est là, au bout de tes doigts. Ludwig voyageait déjà dans l'espace il y a cent cinquante ans, et Bach, et Pergolesi, et Schumann, qui partit tôt pour le voyage. Et je ne devrais pas le dire, mais peut-être aussi ce salopard antisémite de Wagner. Tous ces hommes ont fait de longues promenades en apesanteur. Ils connaissent le nom secret des astres. Alors ne me fais pas rire avec tes fusées.

Il se tourna vers le type en costume.

– C'est un bon piano, vous le vendrez aisément. Mais pas pour Rudolf. Il n'est pas accordé.

L'autre eut un sourire peiné.

– Je ne comprends pas. L'accordeur est venu hier. Nous pouvons en faire venir…

Rothenberg souffla d'agacement. Sa main tremblait.

– Il est accordé avec lui-même, aucun doute. Mais c'est facile d'être d'accord avec soi-même, non ? Beaucoup plus dur d'être en accord avec ça.

Il ouvrit les bras en grand, sous le regard ahuri du type. Puis il me claqua derrière la tête.

– Tu viens, idiot ?

– Vite, vite !

Fouine me secouait, les autres étaient déjà debout. Il faisait nuit noire.

– Hein, qu'est-ce qui se passe ?

L'orphelinat tout entier grinçait, poncé par un vent d'une violence inouïe qui lui arrachait atome après atome, avec la patience cruelle de celui qui sait qu'il a déjà gagné.

– On monte, m'apprit Edison.

– Mais on n'est pas dimanche…

Dimanche ou pas, ils s'éloignaient entre les murs qui tanguaient. Je les suivis, ensablé de sommeil.

– Et si on croise Grenouille ?

On ne croiserait pas Grenouille. C'était bain de vent, ce soir, un autre rituel de la Vigie, si rare que je m'estime chanceux d'avoir pu y assister. Une fois tous les trois ans, une convergence de conditions uniques se produisait entre la France, l'Espagne et le large d'océans lointains. Elle levait une onde synoptique, un terrifiant rotor qui lacérait notre vallée tandis qu'autour, à un kilomètre à peine, c'était le calme plat. Des générations d'orphelins juraient que ces nuits-là, le vieux prieuré se soulevait de quelques centimètres avant de retomber pesamment sur ses fondations. Grenouille et Étienne restaient terrés chez eux. Il était dangereux de sortir – autant attendre le lendemain.

La trappe s'ouvrit d'un coup lorsque Fouine la poussa, presque arrachée de ses gonds par une bourrasque. J'eus peur, vraiment peur. Fouine rampa sur la terrasse, les autres à sa suite. Souzix s'agrippait à eux. Momo, ce soir, était à l'infirmerie. Il avait bousculé l'abbé dans un couloir, par mégarde, et ce dernier l'avait forcé à se servir d'une fourchette pour manger sa soupe. Une crise d'épilepsie avait fait plonger Momo dans son assiette, tête la première. Tout le monde avait ri, nous les premiers, jusqu'au moment où l'on s'était aperçu qu'il était en train de se noyer dans une flaque de navets et de pommes de terre.

– Qu'est-ce qu'on fout là ?

Aucun son ne sortit de ma bouche. Les autres éclatèrent de rire – aucun son ne sortait de leur bouche. Fouine approcha, à quatre pattes, colla ses lèvres à mon oreille et cria de toutes ses forces pour me parler. Je ne perçus qu'un murmure.

– C'est bain de vent ! Tu peux dire tout ce que tu as sur le cœur, personne le saura jamais ! Fais comme moi !

Il cala ses deux pieds contre l'angle de la terrasse et du muret, ouvrit les bras et souleva légèrement le torse. Le vent le prit comme une voile, le redressa brusquement. Il se débattit un instant avant de trouver sa position, flottant sur l'air à quarante-cinq degrés. Les autres l'imitèrent. Même Souzix, qui, lors du dernier phénomène quelques années plus tôt, avait failli s'envoler. On l'avait rattrapé de justesse par les chaussettes. Lui disait qu'il ne s'en souvenait pas, que c'était inventé. Le danger, pourtant, était réel. Il ventait à emporter un homme. Ou à le décapiter, si une ardoise se détachait du toit.

Sinatra, Fouine, Edison et Souzix étaient maintenant appuyés sur le vent, les pieds calés contre le muret, les bras en ailes delta. Ils hurlaient et je n'entendais rien, pas un son. Peut-être insultaient-ils les dieux, peut-être priaient-ils, peut-être lançaient-ils à la face d'un ciel comme vous n'en avez jamais vu un flot d'or pur, dévastateur, qui se changerait en comète et s'en irait chatouiller des galaxies lointaines. Peu importait ce qu'on disait ou ne disait pas. L'essentiel était de le faire aux éclats, de toutes ses forces, de se vider de son air et d'en avaler assez pour les trois prochaines années.

Il me fallut du temps pour trouver la bonne position. Je retombai plusieurs fois, voile faseyante, misérable, de navire vent debout. Je faillis renoncer, mais j'étais jaloux de leur bonheur éclatant, presque obscène. Je m'acharnai, encore et encore, jusqu'au moment où je sentis enfin une main immense me prendre, me soulever sans effort. Je me calai dans un creux de ce monstrueux rugissant et le laissai filer entre mes doigts ouverts. Et de toutes mes forces je hurlai, hurlai à pleins poumons, incapable d'entendre ma propre voix. C'était une sensation incroyable.

Je criai «   » et «   », je livrai au vent tous mes encombrements.

J'étais vide, enfin heureux. Heureux et ivre d'une fierté de fils. Je venais de réussir là où mes parents avaient échoué.

Je volais.

Ma vie aurait pu continuer ainsi, une vie de fond de vallée. Je serais plombier aujourd'hui, ou électricien, les deux seuls métiers que l'on nous proposait lorsqu'un artisan local avait besoin d'un apprenti, n'en trouvait pas et se résolvait, la mort dans l'âme, à aller en chercher un « là-haut », aux Confins. La vie aurait continué de samedi en samedi, de leçon de piano en leçon de piano. Rose aurait continué de s'habiller en Dior, sa beauté exsangue de me faire sentir à quel point j'étais laid, pauvre, lesté de godillots usés par un autre avant moi, en short par tous les temps ou presque. Rose et moi avions au moins trouvé une forme d'accord, un pacte forgé dans le silence noir des couloirs, scellé sous l'œil craquelé des chérubins du plafond. Nous nous détestions. C'était notre point commun, notre passion. De l'autre, nous n'attendions que cette haine – elle pour ma situation, moi pour ses doigts gourds – et nous nous l'offrions avec la voracité de deux amants, d'un seul regard, sans qu'il y eût besoin de parler, dès que j'entrais dans le salon. Je n'ouvrais la bouche que pour corriger un doigté, un *legato*, elle pour pousser un « merci » qui disait le contraire. La gouvernante s'endormait toujours après trente minutes. Rose disparaissait alors dans un livre et m'ignorait, je jouais sans conviction en faisant semblant d'être deux sur ce piano qui ne sonnait pas, si mal accordé qu'il ne parvenait pas à l'être avec lui-même.

La vie aurait continué ainsi et je ne raconterais rien, je porterais mon silence, si, un soir de septembre où le givre brûlait les carreaux, un soir où le froid sourdait de la pierre, Sénac ne m'avait pas convoqué dans son bureau après le dîner. Grenouille attendait dans un coin, au garde-à-vous, sa jambe raide un peu tendue sur le côté, séparée de l'autre en un battement de danseuse classique, une position d'une monstrueuse beauté. Souzix servait son thé du soir à l'abbé. Sénac était figé dans sa position favorite, mains jointes sous son menton. Un doigt se détacha pour m'indiquer un siège.

– Tu te plais ici, Joseph, n'est-ce pas ?

– Oui, monsieur l'abbé.

– Bien, bien. Je suis content.

Souzix versait le thé sans en perdre une goutte, avec la componction du servant d'autel qu'il était tous les dimanches.

– Je me posais une question. Sais-tu qui est Jérôme de Stridon ?

– Non, monsieur l'abbé.

– Tu le connais sans doute mieux sous le nom de saint Jérôme. Sais-tu pourquoi saint Jérôme est célèbre ?

Nous le savions tous. La seule fresque de l'église représentait la scène sur le mur de l'abside. Nous la fixions tous les dimanches, hébétés d'ennui, nous la fixions les jours de fête, nous la fixions les jours ordinaires, même, chaque fois que l'abbé avait envie d'une messe.

– Pour avoir retiré une épine de la patte d'un lion.

Sénac se mit à rire. Je ne l'avais jamais vu de si bonne humeur.

– Certes, certes. C'est la légende. Jérôme de Stridon est surtout l'auteur de la première traduction en latin de l'Ancien Testament, effectuée à partir du texte original hébreu. Jusqu'alors, les traductions étaient effectuées à partir de traductions existantes en grec, jamais à partir du texte original. C'étaient des traductions de traductions, si tu préfères. La bible de Jérôme de Stridon fut le premier livre imprimé par Gutenberg près de mille ans plus tard. Intéressant, n'est-ce pas ?

– Très intéressant, monsieur l'abbé.

– Tu te demandes sans doute pourquoi je t'ai fait monter ce soir, alors que tu aimerais aller te coucher, pour évoquer ces vieilles histoires ? Tu te le demandes, Joseph ?

– Oui, monsieur l'abbé.

– C'est que, vois-tu, monseigneur m'a fait l'honneur de me commander une petite conférence sur le sujet, oh, pas grand-chose, une heure au plus, à l'occasion de… Enfin, peu importe l'occasion. Cette traduction qu'effectua saint Jérôme, et qu'on appelle communément la Vulgate, je me demandais quelle était la date de sa rédaction.

Je ne voudrais pas me tromper. Et comme tu es mon secrétaire particulier, poste au titre duquel je t'ai accordé toute ma confiance, la confiance d'un père, je t'ai fait monter pour m'aider. Par chance, j'ai ici l'unique volume d'une encyclopédie abandonnée par le père Puig lorsqu'il partit en retraite, le volume T-Z. Je voudrais que tu y cherches le mot *Vulgate*.

Il savait. Souzix saupoudrait son sucre à la surface du thé du même air grave, comme si ce geste anodin aurait un jour une importance immense, *vous ferez ceci en mémoire de moi*. Je pris l'encyclopédie et la feuilletai, sourcils froncés, faisant mine d'ignorer que *Vulgate* était imprimé au recto de *vulve*.

– Je ne comprends pas. Je ne trouve pas…

– Non, tu ne trouves pas. On a arraché la page. Et sais-tu qui a arraché la page, pour une raison que j'ignore ?

– Non, monsieur l'abbé.

Une veine palpitait sur le front de Sénac, un ver de colère rouge qui fouissait sous sa peau et descendait lentement vers sa joue, peut-être pour dévorer le faux sourire qui la plissait encore. La pièce se mit à tourner devant mes yeux.

– Laisse-moi t'aider, Joseph. La seule personne qui ait accès à ce bureau…

– C'est moi, monsieur l'abbé, annonça Souzix en lui tendant sa tasse.

– Pardon ?

Je regardai Souzix, éberlué. Prêt à quitter la tranchée où je m'étais réfugié, tremblant de peur, maintenant qu'il était monté à l'assaut et qu'il offrait son poitrail à l'ennemi. Il croisa mon regard, de ce drôle d'air de vieux sergent qu'il avait parfois, cet air de héros de film américain qui avait l'air de me dire : « *Don't worry, kid, it's all under control.* »

– Comment ça, c'est toi ? fit Sénac après quelques secondes de stupeur.

– Quand je suis venu vous porter votre thé, l'autre soir, vous n'étiez pas encore là, j'ai voulu regarder des dessins…

– Mais tu savais que personne ne doit toucher à mes affaires.

– Oui, monsieur l'abbé.

– Non seulement tu as touché à mes affaires, mais tu as *déchiré* une page. Déchiré une page de mon encyclopédie.

– Oui, monsieur l'abbé. À cause de la cramouille.

– La cramouille ?

– Ben oui. Le mounifle. L'abricot. Le minou d'une dame, ah comment ça s'appelle déjà ? Ah oui, la Vulgate.

J'eus envie de rire, de rire aux larmes – l'expression allait si bien aux Confins, où l'un était toujours suivi de l'autre. Me dénoncer maintenant ne servirait à rien. Nous serions tous les deux punis.

– C'est très grave, ce que tu as fait, murmura l'abbé. Qu'est devenue cette page ?

– Je l'ai jetée à la poubelle, monsieur l'abbé.

– Monsieur Marthod, vous fouillerez le dortoir.

Grenouille s'avança, prit Souzix par le col. Souzix s'effondra comme un tas de vêtements vides.

– Et puisque tu aimes tant déchirer les choses…

L'abbé ouvrit un tiroir de métal, en tira une chemise cartonnée bleue.

– Ta demande de vacances dans le Vercors, que j'avais approuvée. Tant que je serai directeur de cet établissement, inutile d'en présenter une autre.

Il déchira la chemise. En deux, en quatre, et envoya les morceaux voler dans la pièce. Souzix, pendant du poing de Grenouille, regarda d'un œil dolent ses pizzas, ses bouées géantes s'égailler en flocons tristes. Sur un signe de l'abbé, les deux disparurent dans le couloir.

– Je te dois des excuses, Joseph. Je pensais que tu étais l'auteur de cet acte.

J'avais suivi Grenouille jusqu'au seuil.

– Qu'est-ce qu'il va lui faire ?

– M. Marthod ne va rien lui *faire*. Il va le châtier, avec la mesure d'un père. Je suis contre les châtiments corporels. Mais il faut parfois aller à l'encontre de ses propres inclinations pour le bien commun. La colère peut être vertueuse, comme nous l'enseigna le Christ lorsqu'il s'emporta contre les marchands du Temple.

– Mais, monsieur l'abbé, il a neuf ans. Il est petit…

– Détrompe-toi, Joseph, détrompe-toi. Un enfant capable de faire une chose pareille à neuf ans, de déchirer la page d'un livre, une page de savoir, pour s'abrutir de concupiscence à la représentation de l'organe féminin, cet enfant-là n'est pas petit. Il a en lui quelque chose d'immense. Un mal qu'il faut empêcher de grandir.

L'abbé avait raison. Tout ça, c'était une histoire d'empêcher de grandir. Et je me tus, car cet empêchement est d'une violence telle qu'elle vous creuse la poitrine, qu'elle vous arrache le cœur et vous vole le souffle, pour les siècles des siècles.

Au moment de nous coucher, Souzix n'était pas revenu.

En pleine nuit, il y eut un brouhaha dans les couloirs. J'étais englué dans mon rêve d'avion, et quand j'accourus ceux de la Vigie étaient là. Sinatra faisait la police, il n'y eut bientôt plus que nous quatre autour de Souzix, assis contre le mur, ses jambes maigres dépassant de son bermuda de grosse toile. Du sang coulait de son oreille droite. Edison le secoua doucement, il ouvrit les yeux et murmura :

– Je suis tombé dans l'escalier.

– T'es pas tombé dans l'escalier. C'est ce fumier de Grenouille. T'as mal où ?

– Je suis tombé dans l'escalier.

Il se pencha et se mit à vomir, puis glissa par terre.

– Putain ça va pas, là. Je vais chercher l'abbé.

Fouine partit en courant. Souzix rouvrit les yeux.

– On est dimanche ? C'est Vigie ?

– Non, on est pas dimanche. Mais on est là. Ça va aller. Il t'a tapé où, ce salopard ?

– J'ai un peu mal au ventre.

Ses lèvres étaient bleues, son front brûlant. Je repoussai doucement ses cheveux.

– Pourquoi t'as dit que c'était toi ? Pour la page déchirée ?

– Répète ? J'entends pas bien…

– Pourquoi t'as dit que c'était toi, pour l'encyclopédie ?

– Grenouille a trouvé le dessin ?

– Bien sûr que non. Il est bien caché. Alors, pourquoi tu t'es accusé ?

– Parce que… le jour où Rose est venue… elle a dit qu'elle avait vu *Mary Poppins,* tu te souviens ? Mais sur le coup, j'ai plus été trop sûr que je voulais savoir.

Il ferma les yeux, Sinatra lui décocha une claque.

– T'endors pas.

– Vas-y mollo, bordel ! gueula Edison. Avec toi, il y a plus besoin de Grenouille !

– J'ai vu tous les films de guerre. Quand ils ferment les yeux comme ça, c'est qu'ils vont clamser.

– Il va clamser si tu le cognes !

Souzix avait rouvert les yeux. Sa main chercha la mienne.

– J'ai changé d'avis, Joe. Je veux vraiment savoir. Alors j'ai préféré prendre à ta place, pour pas qu'on t'empêche de voir Rose, et que tu puisses lui demander… C'est juste dommage, pour le Vercors…

L'abbé arrivait en courant, des lumières fleurissaient dans les ténèbres au bout du couloir.

– Tu vas lui demander, pas vrai ? Tu vas lui demander, à Rose, de te raconter la fin de *Mary Poppins* ? Jure.

– Je jure.

– Vous croyez que je vais clamser, les gars ?

– Mais non, tu vas pas clamser.

À quatre heures et demie, Souzix fut admis à l'hôpital de Lourdes, où l'abbé l'avait descendu en voiture. Le chirurgien, un interne, diagnostiqua une péritonite et l'opéra. Souzix ne clamsa pas, pas cette fois-là. Avec la grâce de ses neuf ans, il ouvrit les yeux le lendemain et confia à l'infirmière qu'elle ressemblait à un ange, et qu'il était heureux d'être mort. La péritonite fut attribuée, à la suite de ses déclarations, à une chute dans un escalier ayant provoqué un éclatement de l'appendice, tandis qu'il revenait d'une entrevue où le surveillant Marthod l'avait fermement, mais gentiment, admonesté. Personne ne sut vraiment expliquer sa perforation du tympan. Le médecin affirma qu'elle résultait d'un « phénomène de dépression extrême » qui pouvait arriver lors d'un choc violent ou, comme je l'appris plus tard, d'une « paume du tigre », une gifle appliquée sur l'oreille par certains experts, souvent militaires, pour décider des sujets contrariants à raconter leur vie. Souzix perdit quatre-vingts pour cent de ses facultés auditives à l'oreille droite.

Cet après-midi-là, depuis la cour, je vis Grenouille dans le bureau de l'abbé, tête baissée. Sénac agitait les bras, il avait l'air de crier. Étienne passa derrière moi, leva les yeux vers la fenêtre.

– Qu'est-ce que tu regardes comme ça, mon gars ?

– L'abbé et Grenouille qui se disputent.

L'intendant se mit à rire.

– Les corbeaux ne crèvent pas les yeux aux corbeaux, comme disait ma grand-mère.

Au dîner, Sénac loua notre présence d'esprit après la chute accidentelle de notre camarade dans un escalier des Confins. Nous eûmes droit à un deuxième verre de vin et à une double portion de dessert. L'abbé couva d'un œil satisfait nos manifestations de joie. Grenouille était assis à sa place habituelle.

Cinq jours plus tard, Souzix reparut, claudicant et un peu sourd, avec interdiction formelle de quitter son lit jusqu'à nouvel ordre. Il fut traité en héros pendant une heure, puis la routine reprit son cours.

Le dimanche soir, la Vigie se réunit, et tout partit de là.

Souzix avait insisté pour monter sur le toit avec nous. Il lui avait fallu dix minutes pour grimper les escaliers tant il avait mal, mais il avait déjà raté la sortie à l'alpage et s'en voulait. Octobre approchait, le soleil allait quitter la vallée pendant de longs mois. Ou plutôt n'y ferait que de brèves apparitions, par courtoisie, tant il avait de monde à éclairer et si peu d'heures pour le faire. Le soleil, Souzix s'en fichait. Mais son absence signifiait que Camille délaisserait les débardeurs amples qu'elle affectionnait, dont le col élargi mille fois par les doigts de son fils révélait d'entêtants reliefs. Depuis l'affaire de l'encyclopédie, notre cadet brûlait d'une fièvre sourde. Il n'avait toujours pas décidé si la vulve était amie ou ennemie, mais lui accordait le respect dû aux deux.

Je me levai pour les haranguer.

– Ça peut plus durer. Ils n'ont pas le droit de nous traiter comme ça.

– Si, ils ont droit, corrigea Souzix avec un sérieux de pénaliste. Ils ont pas le droit de nous tripoter, ça, je me rappelle, c'est un éducateur qui nous l'a dit, une fois. S'ils te tripotent, faut dire non et remplir un formulaire. Mais les mandales, ils ont le droit, tant que c'est pour notre bien.

– On est habitués, ajouta Fouine. Et puis c'est pas si terrible, en général. C'est la première fois qu'il amoche quelqu'un à ce point.

– Il voulait me faire avouer que Joe avait déchiré la pagc, cxpliqua lc pctit. J'ai répondu qu'il pouvait taper tout ce qu'il voulait, je dirais rien à un cave comme lui. Ça l'a énervé.

– Ce qui m'énerve, moi, fit Sinatra, c'est qu'avant qu'*il* arrive – il pointa un doigt sur moi – on était tranquilles.

Edison secoua la tête.

– Grenouille a toujours aimé cogner.

– Mais c'est pire maintenant ! Comme du temps de Danny !

Fouine ôta son béret, et les quatre soufflèrent :

– Paix à son âme.

Ils m'énervaient.

– Vous valez rien avec votre Vigie ! Vous jouez les marlous mais dès qu'il s'agit de faire quelque chose, il n'y a plus personne.

Fouine mit ses deux mains sur mes épaules.

– Et qu'est-ce que tu veux faire, hein ? Dis-le-nous, Joe, toi qui es là depuis trois mois.

– Me tirer d'ici, voilà ce que je veux faire. *Nous* tirer d'ici.

– Parce que tu crois que c'est mieux ailleurs ?

– J'en sais rien. C'est sûrement pas pire.

Il secoua la tête, il avait l'air triste.

– Tu me fais penser à Danny.

– Vous me les brisez avec votre Danny. C'était qui, d'abord ?

– Un rêveur. Comme toi.

– Mais plus grand, précisa Souzix. Et plus beau.

– C'est bon, j'ai compris, il était grand, il était beau. Et alors ?

– Il avait plein d'idées, lui aussi. La Vigie, par exemple, c'est lui. Mais les idées, c'est dangereux. Si je le sais, tout comme je sais que c'est pas mieux ailleurs, c'est que j'ai pas toujours été aux Confins. J'ai fait six mois en Bretagne avant d'arriver. Là-bas un gars m'a dit : « Sois ombre », et il avait raison. Le meilleur moyen de survivre ici, de survivre ailleurs, c'est de disparaître. De pas se faire remarquer. Un jour tu sortiras, naturellement. D'ici là, n'existe pas, et personne te verra. Toi, tu fais exactement le contraire. Comme Danny.

– J'en ai marre de vos mystères. Qu'est-ce qu'il lui est arrivé ?

Ils se rappelaient encore le silence. Le silence quand c'était arrivé. Danny, le chef de la Vigie. Danny, le protecteur des faibles. Personne n'osait s'en prendre à un petit devant lui. On disait qu'il était capable de tuer, qu'il avait ça dans les yeux, que même Grenouille s'en méfiait. Quand Fouine lui rappelait d'être une ombre, Danny riait, il riait à gorge déployée et affirmait qu'il ne serait jamais une ombre. Qu'ils n'étaient pas des ombres, aucun d'entre eux, mais des étoiles de mer, cette mer qu'ils n'avaient jamais vue. Si quelque chose les coupait, les mutilait, ils devaient repousser.

C'était arrivé un dimanche, au printemps de cette année, le jour de la sortie à l'alpage. La veille, Danny était tombé dans un guet-apens tendu par trois grands dans les toilettes – trois contre un, il fallait ça pour espérer l'abattre. Il boitait et avait demandé à rester à l'infirmerie. Les beaux jours s'annonçaient après un long hiver, ils étaient partis sans se soucier de lui. Sénac, les sœurs, Étienne, tous sans exception. Une battue au sanglier les avait forcés à rebrousser chemin et à rentrer à l'orphelinat.

En entendant du bruit, ils avaient d'abord cru à un cambriolage. Des pas fuyants, une porte qui claquait. Grenouille avait saisi une pelle, progressé avec une grâce qu'on ne lui avait jamais vue. Ils l'avaient suivi, un abbé, quarante gamins, des sœurs et un intendant avides de faits divers. Grenouille, un doigt sur les lèvres, avait désigné la porte d'un cagibi.

Il l'avait ouverte d'un coup de pied, pelle levée. C'était là que le silence était tombé. Dans le placard se tenait une femme. Grande, en robe à fleurs un peu démodée, ses cheveux mi-longs cachés sous un foulard de soie. Et le pire, quand ils en parlaient tous, c'est qu'ils se rappelaient avoir pensé : *comme elle est belle.*

Elle les avait regardés, pétrifiée, dévorée par ses yeux charbonneux, et ils avaient fini par reconnaître Danny. Sénac avait fait reculer tout le monde. Danny était sorti, tremblant, la tête haute. Le silence, le silence. Ils s'en souvenaient encore. Danny avait tourné en direction du dortoir. D'abord, personne n'avait bougé. Puis les premiers rires. Les quolibets. Ses ennemis jurés s'étaient précipités vers lui pour arracher sa robe. Il avait continué son chemin, sans se défendre, dans cette marée hurlante qui se refermait sur lui. Gaumier, le garçon qui avait bavé sur les chaussures de Momo quand nous étions arrivés, avait porté le premier coup. Grenouille avait voulu intervenir, Sénac l'avait retenu. Des millions de poings, de pieds outrés avaient puni Danny. Certains avaient frappé sans savoir pourquoi, pour imiter les autres. L'heure du dîner avait sonné, quelques coups plus faibles étaient tombés, puis on l'avait abandonné là, respirant doucement sur le carreau froid dans ses lambeaux de fleurs.

On mena l'enquête. Danny avait trouvé la robe et le foulard dans un placard de l'infirmerie, oubliés là par une novice. Un morceau de charbon avait servi de fard. Sous son matelas, Grenouille découvrit une photo arrachée à un magazine lors d'une sortie au village, le portrait froissé d'un jeune chanteur à la mode qui ressemblait à une chanteuse. Son nom, *David Bo...* était en partie arraché. On ne sut pas vraiment pourquoi Danny s'était habillé en femme et mis à déambuler dans les couloirs. S'il l'avait fait pour s'amuser, par provocation. Parce qu'il avait caché depuis longtemps sa véritable identité, comme tout bon héros, ou pour tout ça à la fois. On ne voulait pas savoir, pas vraiment. Il y avait tout de même quelque chose de bizarre dans cette histoire, résumèrent quelques esprits dont la sagesse et la dévotion ne faisaient aucun doute : qui voudrait être une femme quand personne ne l'y oblige ?

Lorsque les élèves revinrent après le dîner, il n'y avait plus qu'une mare de sang noire et croûteuse sur le sol du couloir. Danny avait disparu.

– Disparu ! répéta Souzix avec un geste de prestidigitateur.

– Disparu où ?

– Viens voir.

Mes amis se dirigèrent vers un coin de la terrasse. La cabane d'Étienne palpitait dans le noir en contrebas, luttait pour repousser les ténèbres de ses carreaux jaunes. Fouine désigna une gouttière zigzaguant à l'arrière du bâtiment.

– Pendant qu'on dînait, Danny s'est enfui, tout cabossé qu'il était. Il est descendu par là. Tu vois, en bas ? Le grillage passe si près du mur que depuis cette corniche, tu peux sauter par-dessus. C'était de la folie. La gouttière a cent ans. Les vis qui la retiennent aussi.

– Et il est mort.

– Non. La gouttière a tenu, par miracle. Mais au lieu de partir par la route, où il savait qu'on le rattraperait, il a décidé d'escalader la paroi du cirque. De sortir par le fond de la vallée.

– Sans équipement ? Dans son état ?

– Sans équipement. Dans son état. Et il est mort.

– Enfin, il faut dire…, commença Edison.

– Il faut dire quoi ? Il est mort, oui ou non ? coupa Fouine. C'est tout ce qui compte. Alors fin de l'histoire. On peut pas partir, Joe. Si on y arrivait, on nous rattraperait. On peut se retrouver ici tous les dimanches, ça oui. Partir, non.

– On vote. Qui est pour se tirer d'ici ?

Je levai la main. Seul. Quêtai le regard de Momo, qui, assis contre le muret, fixait les étoiles. Il était membre de la Vigie lui aussi, un membre gourd peut-être, comme le bras sur lequel on s'endort, mais membre tout de même, bien attaché au corps. Il avait son mot à dire. Il sourit, mais ne leva pas la main.

– Motion rejetée, souffla Fouine.

Edison se leva d'un bond.

– Une lettre.

– Hein ?

– Joe a raison, ça peut pas continuer. Et t'as raison, Fouine, on peut pas partir. Mais on peut écrire une lettre. Une lettre dans laquelle on explique ce qui se passe. On demande de l'aide.

L'idée flotta un instant entre nous, un peu fade mais tenace, avec ce goût étrange d'âge adulte, de compromis. Le *boum* supersonique me fit sursauter. Je l'avais oublié, moi aussi, alors qu'il n'avait pas cessé. J'étais devenu comme eux. J'étais « un des Confins ».

– On l'adresse à qui, cette lettre ? On connaît personne dehors.

– On connaît Marie-Ange, conclut Edison, triomphal. De la radio.

Sinatra ricana.

– Elle a jamais entendu parler de toi. Pourquoi elle nous aiderait ? Bien sûr, on pourrait écrire à mon père, sauf qu'avec son idiot d'agent…

– Marie-Ange, répéta Fouine. C'est pas si bête. On lui dira qu'on l'adore, qu'on l'écoute tous les dimanches… Les femmes, ça aime les compliments.

– Et l'adresse ?

– Marie-Ange Roig, Sud Radio, Andorre, c'est pas compliqué. Le problème…

Le problème, c'était que rien ne quittait Les Confins sans censure préalable. Subtiliser une enveloppe dans le bureau de l'abbé, ça, ce serait facile. Je m'en chargerais. Mais toute correspondance était remise à Sénac, ou à une sœur qui s'assurait de sa « rectitude morale » avant de lui dispenser le viatique tant attendu : un timbre. Une légende racontait qu'un gamin qui s'était plaint dans un courrier de la qualité de l'ordinaire, quelques années plus tôt, avait été contraint de manger pendant un mois ce qui revenait aux cuisines, et rien d'autre. Rien ne revenant jamais – les orphelins mangent tout –, il avait perdu dix kilos sur les quarante qu'il pesait. Une légende.

Ils se tournèrent vers moi d'un seul homme.

– Tu pourrais demander à la bourgeoise.

– Rose ? Lui demander quoi ?

– Samedi prochain, tu prends la lettre, tu la caches sous ton tricot. Tu lui demandes de mettre un timbre et de la poster pour nous.

– Ça va pas ? Je peux pas la sentir. Ou plutôt, je sens qu'elle, avec son *Diorling*.

– Son quoi ?

– *Diorling*. C'est son parfum. Elle s'en sert comme d'un désinfectant chaque fois que je viens.

– *Tu connais le nom de son parfum ?*

Il n'y avait qu'une réponse possible à cette question.

– C'est bon, je lui donnerai votre foutue lettre.

Ils me dévisagèrent, goguenards. Je fus sauvé par une étoile filante.

– Tous aux postes de combat, ordonna Edison. Les Russkofs attaquent.

Souzix éclata de rire, et n'eut plus mal nulle part. À cet instant, et à cet instant seulement, rien ne nous distingua plus du vent, des bêtes, rien ne nous sépara plus de tout ce qui courait libre et insouciant sur le fil bleu de l'horizon.

L'attente dans les fleurs du couloir. L'attente alourdie par la lettre qui grattait, pesait une tonne contre ma peau. La lettre que je n'osais pas sortir.

Chère Marie-Ange Roig.

L'attente alourdie par l'humiliation de devoir *lui* demander de l'aide, à elle que je détestais comme je n'avais jamais détesté personne, pas même mon insupportable sœur lorsqu'elle avait mis mon disque des Monkees au four « pour voir s'il était en réglisse ».

Nous sommes la Vigie.

Le manoir était silencieux. Je m'imaginais oublié là, la famille repartie pour Paris. Personne n'avait pensé à l'orphelin du couloir, celui des samedis lents, et quand on s'apercevrait qu'il manquait à l'appel, à défaut de manquer à quelqu'un, il serait trop tard. Mon cœur se mit à battre.

Nous sommes un groupe d'élèves du pensionnat Les Confins. Nous vous écoutons tous les dimanches, vous avez une très belle voix. Nous vous écrivons parce que vous êtes la seule à pouvoir nous aider.

Face à moi, une gerbe d'œillets dans son cadre noir. Une porte claqua quelque part. Pas oublié, alors. Je respirai de nouveau.

Notre surveillant général est violent, plusieurs élèves ont été blessés. Nous ne savons pas qui prévenir. Mais vous, vous saurez, vous devez connaître beaucoup de gens importants puisque vous travaillez à la radio. Si vous recevez ce message, prononcez le mot « Vigie » dans votre émission, dimanche soir, le seul où nous pouvons vous écouter. Veuillez croire, chère sœur en Christ, à l'expression de nos sentiments les meilleurs.

Je les avais convaincus d'employer la formule de l'abbé – elle lui réussissait, à en juger par l'afflux de donations. Le « pensionnat », c'était aussi mon idée. Quand on cherche une main secourable, mieux vaut cacher qu'on est lépreux.

Une ombre se détacha du reste, à ma gauche. Un homme passa devant moi, petit et gris, comme son costume, sa mallette. L'homme gris me salua d'un signe de tête imperceptible et s'évanouit à droite. Le silence, de nouveau. La gouvernante parut enfin et me conduisit en trottant sur ses talons de liège jusqu'au salon. Rien n'avait bougé depuis le samedi précédent, depuis ceux d'avant, rien n'avait bougé depuis des siècles. Ni Rose au bout de son banc devant le piano, ni les anges asthmatiques qui étouffaient au plafond, leurs conques, leurs hautbois d'amour et leurs poumons lourds de la suie grasse crachée par des années de cheminée.

La partition craqua dans le silence. Bach. Je déchiffrai à vue l'aria des *Variations Goldberg*. Rose m'imita comme un chiot lymphatique, maladroit, titubant de sommeil. Son front brillait un peu. Le rythme était loin – de moi autant que d'elle. La gouvernante, très droite dans son fauteuil, l'oreille tendue, refusait pour une fois de s'endormir. Impossible de sortir la lettre. Au bout de notre heure de cours, une clochette tinta dans les entrailles du manoir. La vieille bondit, lissa sa jupe, nous fit un signe de tête avant de disparaître. Je soulevai aussitôt mon tricot. Rose me regarda, bouche bée.

– Qu'est-ce que tu fais ? Si tu crois que…

Je lui tendis la lettre. J'avais répété cette conversation toute la semaine, joué le film dans ma tête, façon Hollywood, pour ne rien laisser au hasard. *I know we've had our ups and downs, baby, mostly downs…* C'était un peu moins bien en français, mais on ferait avec. *Je sais que nous avons eu nos différends, mais il est temps de les oublier. J'ai un service à te demander.*

– Je veux que tu postes ça.

– Tu *veux* ?

– Oui. On ne peut pas le faire nous-mêmes.

– C'est quoi ?

– Une lettre.

– Je vois bien que c'est une lettre. Pourquoi tu la postes pas toi-même ? Tu me prends pour qui, ta secrétaire ?

– C'est une lettre qu'on ne peut pas poster nous-mêmes.

– Pourquoi ?

– Parce qu'on vit sur la Lune, tu comprends ?

– Je comprends que tu es fou.

– Tu la posteras, oui ou non ?

– Non.

Des bruits de pas derrière la porte. Je ne songeai même pas à cacher ma lettre, abasourdi. Il y avait eu un problème technique, les bons sous-titres sous le mauvais film, ou l'inverse, peu importait. La poignée tourna. Rose m'arracha l'enveloppe des mains, la glissa dans la partition qu'elle referma.

– Ne crois pas que ce sera gratuit.

Le comte et son épouse entrèrent, le premier de son air perpétuellement distrait par d'importantes affaires, la seconde d'un pas titubant de marcheuse de crête. Sénac suivait. Derrière eux, en retrait comme le dernier parmi les derniers, un berger apparut. Un berger étrange, dont l'habit rouge fournaise et le bâton d'or guidaient des multitudes sur les pentes de la nuit. Il arborait, sous sa mitre, un sourire d'enfant fatigué, comme pour s'excuser d'avoir porté ce déguisement trop longtemps. Il y renoncerait d'ailleurs quelques mois plus tard.

– Monseigneur Théas, voici le jeune Joseph Marty, l'un de nos pensionnaires, annonça Sénac.

Il s'est porté volontaire pour donner des cours de piano à Mlle Rose.

Je me penchai pour embrasser la bague de l'évêque – j'avais au moins appris quelques manières à force de travailler pour l'abbé –, mais il retint ma main dans la sienne et posa l'autre sur mon front. Puis murmura, pour moi seul :

– Dieu te bénit, Joseph.

J'ai vu mes parents se disperser. Ma sœur flamber, rendre aux étoiles les atomes qu'elle avait empruntés pour devenir elle, Inès, pendant que je restais entier. Des dieux qui bénissent, des un-seul-dieu-créateur-du-ciel-et-de-la-terre, des résurrections de la chair, des fils assis à la droite du père, des litanies des saints, j'en ai eu ma part, et plus que ça. La seule droite du père que je connaisse est celle que nous avons reçue, mes amis et moi, en pleine poire. J'ai vu mille hommes brisés par une vie en noir et blanc. Et des bonimenteurs leur promettre, au marché du dimanche, que s'ils y croyaient très fort et ne posaient pas trop de questions, un jour, ils auraient la couleur.

Mais quand Théas souffla : « Dieu te bénit », j'y crus pour l'unique fois de ma vie, parce que contrairement aux autres, il y croyait aussi.

Rose fit la même révérence démodée qu'elle avait eue pour Sénac, le premier jour. Ses parents nous indiquèrent les canapés.

– Mgr Théas a eu la bonté de nous apporter un gâteau, déclara le comte. Qu'est-ce qu'on dit, Rosette ?

Sa fille le dévisagea avec incrédulité.

– On dit merci, je suppose, répondit-elle sèchement.

Sénac se figea, son père ne parut pas remarquer son insolence.

– Merci, *monseigneur*, corrigea l'abbé avec un sourire raide.

L'évêque eut un geste las.

– Pas de formalités. Si nous la goûtions, cette tarte ? J'aimerais prétendre que je l'ai faite de mes dix doigts mais, comme vous le voyez – il leva ses mains gantées –, je suis mal équipé.

Le comte s'apprêtait à sonner, l'abbé l'arrêta d'un geste.

– Joseph peut s'en charger, si vous le permettez. Nos pensionnaires sont élevés pour servir, en toutes circonstances, pour la gloire de Dieu. Joseph ?

J'acquiesçai, ridiculement reconnaissant à Sénac d'avoir dit *pensionnaires*.

La cuisine était au bout du couloir, plus sombre encore que le reste de la maison. Le soleil avait peut-être tenté d'y pénétrer un jour, par effraction, mais il s'était égaré dans ce labyrinthe où son cadavre éteint blanchissait lentement. Sur une table balafrée, près d'une pile d'assiettes sales, une tarte aux pommes attendait dans un énorme carton estampillé *Boulangerie centrale*. Je transférai l'essentiel des parts dans la plus grande des assiettes, à la lueur clignotante d'une ampoule.

Au moment où j'allais sortir, je remarquai le carnet. Une liste de course amorcée, arrêtée à *aspirine*. Sur le carnet, un feutre. Et l'idée me vint, l'idée qui pouvait faire tout capoter. Dangereuse, excitante. Je mettais la Vigie en péril, mais je m'en moquais. La lettre ne servirait à rien, j'en étais sûr. Frapper fort, aussi fort qu'eux, voilà la solution. Au feutre, j'écrivis *AU SECOURS* à l'intérieur du couvercle du carton à gâteaux Repasser sur les lettres pour bien insister. Refermer le couvercle, laisser le carton en évidence près de l'évier, là où on l'ouvrirait après notre départ. Là où on y trouverait, au lieu d'un peu de douceur, une noirceur de sépulcre. Je revins au salon, un plateau un peu tremblant dans les mains, et fis le service. Les hommes discutaient, les femmes se taisaient. L'évêque me décocha un clin d'œil amical, une fraction de seconde de son attention, une fraction de seconde qui dilata l'espace, le combla et me fit comprendre pourquoi tant de rues, de places, porteraient son nom bien des années plus tard. Rose, toutes épines sorties, mangeait sans lever le nez.

La conversation se tarit, mordue au cœur par l'un de ces silences qui rôdaient dans la vieille maison.

– Joseph a refusé d'être adopté par une famille d'accueil, annonça Sénac dans l'immense blanc qui suivit. Il a préféré rester aux Confins. N'est-ce pas, Joseph ?

J'ouvris la bouche. Rien ne sortit, à l'exception d'un morceau de pomme qui retomba dans mon assiette et me valut un regard narquois de Rose. L'évêque fronça le sourcil.

– *N'est-ce pas, Joseph ?* répéta Sénac.

Il souriait de plus belle, de ce sourire bancal, factice, forgé sans joie dans d'obscures fonderies.

– Oui, monsieur l'abbé.

– Qu'est-ce qui t'a fait prendre une telle décision, mon garçon ? demanda Mgr Théas en se tournant vers moi.

Sénac plaça une main amicale sur ma nuque, m'ébouriffa les cheveux.

– Ne sois pas timide, Joseph, répète ce que tu m'as dit ce jour-là. Que ta famille, c'est désormais Les Confins. C'est bien ce que tu as dit ?

– Oui, monsieur l'abbé. C'est ce que j'ai dit. Ma famille, c'est désormais Les Confins.

Le silence, de nouveau, fit claquer ses mâchoires d'os sous les hauts plafonds.

– Encore un peu de tarte ? proposa la comtesse. Il doit en rester à la cuisine, n'est-ce pas, Joseph ? Tu peux rapporter le carton ?

Tous les regards se braquèrent sur moi.

– On te parle, murmura Sénac.

– Oui. Oui, il en reste, mais…

– Mais quoi ?

Par chance, Théas se leva.

– Pas pour moi, merci. Je dois vous quitter. Mes

ouailles m'attendent. J'aurais aimé vous entendre jouer du piano, jeunes gens. Ce sera pour une autre fois.

– Et nous n'avons que trop abusé de votre hospitalité, ajouta l'abbé, imitant son supérieur.

Je tremblais, tellement que je dus mettre mes mains dans mes poches. Le trajet jusqu'à la sortie me parut sans fin, les couloirs plus longs, plus lugubres que jamais. Sur le perron, nous fîmes nos adieux au comte. Au moment où nous prenions congé, enfin, des pas précipités se firent entendre dans la maison.

– Attendez ! Ne partez pas !

La mère de Rose parut, hors d'haleine, brandissant le carton à gâteaux, ce foutu carton et son message explosif écrit en majuscules de détresse à l'intérieur. Elle reprit son souffle, puis tendit la boîte à Sénac.

– Tenez, puisqu'il en reste, prenez ça. Vous le donnerez aux orphelins.

– Gardez-le !

J'avais presque crié. Sénac se tourna vers moi, impassible.

– Je veux dire, il... il en reste, mais pas assez.

J'étais trempé, je transpirais tant que j'allais

disparaître, couler sur les marches de pierre et m'enfoncer dans la terre sèche, indifférente, des Pyrénées. Pourtant, quand je touchai mon front, il était sec. Les yeux de Sénac foraient lentement dans les miens.

– C'est très aimable à vous, chère amie. Nos orphelins vous seront reconnaissants.

Il prit la boîte. Grenouille écrasa la cigarette qu'il fumait non loin et avança la voiture. Sénac monta à l'arrière, me fit signe de le rejoindre. Un parfum chimique, douceâtre, émanait de lui. Il s'était teint les tempes ce matin-là.

Nous traversâmes le village. Grenouille roulait doucement, beaucoup trop, vitres ouvertes. À côté de moi, l'abbé pianotait du bout des doigts sur le carton posé sur ses genoux. *Ne pas regarder le carton. Regarder tout droit.*

Tout droit, c'était le dos de Grenouille, dépassant largement du siège conducteur. Un dos couvert de poils qui jaillissaient en tourbillon du col de sa chemise et venaient se mêler à ses cheveux plats, étrangement fins, en une confluence fluviale facilitée par l'absence de nuque, un delta pileux qui me donna aussitôt la nausée.

Ou alors, non, regarder Sénac, comme si de rien

n'était. Sourire, ce sera plus naturel. Ne pas regarder le carton.

Je regardai le carton.

Sénac baissa les yeux, me fixa, puis de nouveau l'emballage. Il haussa les épaules, m'oublia, lissa délicatement ses tempes dérangées par la brise.

– Elle était bonne, cette tarte, n'est-ce pas, Joseph ?

– Oui, monsieur l'abbé.

– Tu en veux encore un morceau ?

– Non, monsieur l'abbé.

– Tu es sûr ?

– Oui, monsieur l'abbé.

– Moi, je ne suis pas sûr…

Le prêtre caressa le couvercle, l'entrouvrit à peine, m'étudia par en dessous, le laissa retomber.

– Tu crois que je ne sais pas, Joseph ?

Il tapa sur l'épaule de Grenouille.

– Arrêtez-vous.

Grenouille se gara sur le bas-côté, juste à la sortie de la ville, à côté d'une vieille benne de métal. L'haleine chaude de Sénac, brûlante de rancœur et de pomme, enveloppa mon visage, m'étouffa aussi sûrement qu'un surveillant général un soir d'orage.

– Tu crois que je ne sais pas que tu es gourmand ?

Il jeta le carton entier par la fenêtre, droit dans la benne, et fit signe à Grenouille. La DS redémarra.

– La gourmandise est un péché capital. Tu vois, Joseph ? Aujourd'hui, le Seigneur avait quelque chose à te dire.

Dès mon retour aux Confins, Souzix me sauta dessus. Il voulait savoir si ça y était, si je connaissais la fin. La fin de *Mary Poppins,* que j'avais oublié de demander à Rose. Alors j'inventai. Une histoire d'enfants envoyés dans un orphelinat financé en sous-main par les Russes, dont Mary Poppins les sortait à coups de parapluie volant. Souzix ouvrait des yeux comme des soucoupes, fouettant l'air de ses poings à chaque bagarre, surtout lorsque je décrivis le combat final entre Mary Poppins et l'abbé Raspoutine.

Je passai le fiasco du gâteau sous silence – on m'avait assez comparé à Danny. Danny, Danny, Danny, j'en avais soupé de leur héros et de sa témérité légendaire. La légende, justement, voulait qu'il fût né dans un orphelinat, fruit des amours illicites d'une nonne et d'un laïc, puisque dans ces milieux l'amour est illicite. Danny était immense, selon Souzix. Pas si immense que ça, d'après Sinatra. Souzix disait qu'il était fort, capable d'étrangler un sanglier d'une main, ces mains qu'il avait grandes comme des poêles à marrons. Les autres riaient, on n'avait jamais vu Danny étrangler un sanglier, à une main ou à deux. Mais ses colères étaient redoutables, ses humeurs d'incendie, on s'accordait là-dessus. On ne lui cherchait pas de noises. Il était courageux, égoïste et fou.

Après bien des atermoiements, ils m'avaient montré une photo qu'ils conservaient comme une relique, prise lors de l'un des nombreux exploits de Danny, une escapade nocturne au village à la suite d'un pari. Comme si faire le mur ne suffisait pas, il avait eu l'audace de se rendre au bar. En guise de preuve, il en avait rapporté ce Polaroïd de lui, offert par un couple de randonneurs : un beau garçon aux cheveux mi-longs, en tee-shirt rouge, les yeux plantés dans l'objectif. Drôle de preuve. Car, pour qui regardait bien, le garçon de la photo n'était pas vraiment là, dans ce bar, contre ce mur de lambris triste. C'était la photo d'une absence. Les yeux de Danny, sous ses cils de fille, n'étaient pas fixés sur l'objectif. Ils portaient bien plus loin, à travers le viseur, à travers le photographe, à travers l'espace, ils faisaient le tour de la Terre et revenaient à lui-même. Et peut-être Danny pensait-il déjà, dérouté par ce qu'il pressentait, par cette douceur qui scintillait sur sa virilité : *un jour je partirai, je partirai pour de bon.*

Tous les soirs de la semaine suivante, Souzix me réveilla, pile au moment où je m'endormais.

– Joe, Joe, tu crois que ça y est ? Que Marie-Ange l'a reçue ? La lettre ?

La première nuit, je lui répondis avec cette tendresse particulière aux orphelins :

– Va te faire foutre.

Il mouilla son lit, fut cape de pisse le lendemain. Je dus, en attendant le dimanche, quand nous pourrions enfin écouter *Carrefour de nuit*, lui décrire chaque soir où la lettre se trouvait. Dans la camionnette des Postes, qui sentait le cambouis. Au centre de tri, qui sentait la sueur. Elle passait un col qui sentait la pluie – Souzix aimait les odeurs. Jeudi : la lettre descendait vers l'Andorre. Vendredi : le facteur la glissait dans une sacoche qui sentait le cuir et commençait sa tournée.

– Joe, Joe, ça y est, Marie-Ange l'a reçue cette fois ?

Le vendredi, je fis durer. Le facteur s'arrêtait pour fumer. Changer une roue. Il ne trouvait plus ses clés de voiture. Souzix enrageait et lui criait de se dépêcher. Le dernier soir, samedi, je lui fis le plus beau des cadeaux.

– Ça y est, la lettre est arrivée aujourd'hui. Marie-Ange a dû l'ouvrir.

Souzix étouffait presque.

– C'est vrai ? T'es sûr ? Tu crois qu'elle a dit quoi ?

– Elle n'a rien dit. C'est un secret entre elle et nous. Quelqu'un lui a peut-être fait remarquer qu'elle tirait une drôle de tête et lui a demandé ce qui se passait. Elle a répondu : « Rien, rien », et elle a replié notre lettre. Elle l'a cachée sous sa robe, tout contre elle. Elle réfléchit, maintenant.

Souzix ne ferma pas l'œil de la nuit. Le lendemain, il s'endormit en pleine messe. Grenouille le tira de son banc et, pour l'aider dans son repentir, lui administra un « baptême dans les eaux du Jourdain », technique consistant à enfoncer la tête du pénitent, juste un peu plus longtemps que nécessaire, dans la fontaine glacée qui alimentait Les Confins.

Le soir venu, à dix heures pile, Fouine tourna le bouton de notre radio sur la terrasse. Le générique commença, Marie-Ange souriait au bout du poste. Nos souffles retenus.

Elle ne prononça pas le mot *vigie*.

Nous nous allongeâmes sur la terrasse. L'un à côté de l'autre, sous le drapeau d'étoiles de ceux tombés au champ d'honneur.

– Elle a pas dû recevoir la lettre, décréta Fouine. Tenez, regardez les montagnes, là-bas. Le col est dans la brume. Ça ralentit tout.

– T'as raison. Elle la recevra sûrement cette semaine.

Pour nous consoler, Sinatra offrit de nous raconter Vegas. Vegas, les autres connaissaient par cœur et ça ne consolait personne à part lui, mais on ne protesta pas. Il y avait tout de même une possibilité infime, minuscule, purement statistique, que Frank fût vraiment son père, d'autant qu'ils se ressemblaient étrangement. Mais que cette ressemblance fût une conséquence ou la cause de toute cette histoire était impossible à dire. Et comme Sinatra avait promis de tous nous inviter là-bas si l'agent juif de son paternel cessait ses manigances, nous songions que, au cas où, mieux valait jouer le jeu. L'épicière de Figeac qui fixait, loin d'ici, le mur d'un hôpital psychiatrique avait peut-être dit vrai.

Alors Sinatra raconta. Sin City, la cité du vice, la ville sans horloges étourdie de néons, de vert, de jaune, de rose, ses rues stridentes et ses palmiers qui ne s'éteignaient jamais. Nous remontâmes à sa suite une file de femmes aux yeux de Méduse. Les femmes nous haïssaient, hurlaient : « Pourquoi eux, qu'est-ce qu'ils ont fait pour passer devant tout le monde ? » Un colosse voulut nous arrêter à la porte du casino. Un petit bonhomme en costume démodé, qui ressemblait à Rothenberg, lui donna une claque derrière la tête. « *Show some respect*, *you idiot*, *that's Frankie's son and his friends* », et la nouvelle fit taire les Méduse. Il nous conduisit à notre table, celle des VIP, juste devant la scène. Un homme y était déjà installé. Le type nous serra la main et se présenta d'une voix grave, une voix qui parlait de soirs où la lune était bleue, d'hôtels peuplés de cœurs brisés. « *Hey kiddos, I'm Elvis.* » Souzix commanda un lait fraise, Momo une anisette, nous autres du whisky. Frank apparut avec son col de travers, Vegas soupira. Il nous fit un clin d'œil, entama son dernier tube, *My Way*, et tout fut bien.

La semaine reprit avec ses coups de sifflet, ses prières du matin, ses repas en silence, d'autres coups de sifflet, d'autres silences, le givre aux fenêtres, le froid dans les pierres, les corvées, les trafics de Fouine. Un nouveau arriva, un gosse de cinq ans ébouriffé qui regardait autour de lui avec un étonnement perpétuel. Le lendemain, il était cape de pisse, grelottant dans la cour, plus étonné encore. Et que firent mes amis en le voyant passer, jaune et transi, devant la fenêtre ? Ils se moquèrent de lui, bien sûr, Souzix plus fort que les autres. Je vous avais dit que ce n'étaient pas des saints.

L'ennui, comme un étau. On creusait la poitrine, on quêtait en soi l'espace qui manquait au-dehors. Même les cours pesaient, d'une vacuité qui aurait horrifié ma mère, l'agrégée. Nul ne se souciait d'enseigner, il fallait juste occuper. S'assurer que nous soyons capables de choisir entre électricité et plomberie. De reconnaître un fil de phase d'un fil de neutre, un raccord à glissement d'un raccord à sertir. On ne nous apprenait pas à penser grand, général. On nous plaçait toujours à la prise et au robinet, jamais à l'autre bout de ces artères de cuivre qui allumaient nos nuits ou rinçaient nos gosiers, jamais aux sources jaillissantes, aux turbines magnifiques. C'est pour ça que nous sommes de piètres plombiers, de mauvais électriciens.

Cette semaine-là, Edison se rebella. Il alla trouver l'abbé et lui demanda de lui procurer des manuels de mathématiques plus poussés que ceux que nous utilisions – il y pressentait une beauté qui nous échappait. L'abbé rit, Grenouille aussi. Le surveillant fit valoir qu'Edison avait déjà de la chance d'être éduqué comme un vrai Français et que, de toute façon, il n'aurait pas besoin des maths pour balayer les rues. L'abbé réprimanda Grenouille. La couleur de peau importait peu aux yeux de Dieu, tant que l'on était bon chrétien. Mais un bon chrétien, confirma-t-il, n'avait pas besoin d'apprendre les mathématiques à un niveau avancé, sans quoi la Bible en aurait parlé. Justement, rétorqua Edison, Jésus n'avait-il pas un faible pour les multiplications ? Sénac lui fit récurer les toilettes extérieures, les pires, pour lui apprendre l'humilité. Et pour s'assurer de sa contrition, car on n'était pas à l'abri d'une rechute, Grenouille le baptisa à plusieurs reprises dans les eaux du Jourdain.

Le lendemain, mercredi matin, le surveillant entra en plein cours et pointa le doigt sur Sinatra.

– Toi. Avec moi.

– Moi ?

– Oui, toi, t'es sourd ? Avec moi, je te dis. M. l'abbé veut te voir.

Sinatra nous jeta un regard inquiet. Fouine l'ignora, Edison l'ignora, Souzix l'ignora. Je l'ignorai, chacun pour soi. Momo l'ignora, mais je n'aurais pas juré qu'il comprenait. Le cours s'alanguit sous les craquelures du plâtre. Sinatra revint juste avant la cloche, blême. Momo me poussa du coude et me montra une fleur qu'il venait de dessiner.

La sonnerie retentit. Nous sortîmes en file indienne, Sinatra le dernier. Au réfectoire, il s'assit à l'écart. Il mangeait d'un air absent, sourcils un peu froncés. Nous avions cours de sport après le déjeuner, mais il s'arrêta en route pour se rendre aux toilettes. Fouine se détacha du groupe pour le suivre, et moi avec. Edison, pétri d'humilité toute fraîche et d'un début de bronchite, jugea prudent de ne pas nous accompagner.

Sinatra était à l'urinoir quand nous déboulâmes dans le local qui, malgré les fenêtres ouvertes à l'année, malgré les récurages à genoux, sentait toujours l'urine, celle de moines mal nourris ou de chanoines obèses, celle de gosses tremblants, d'adolescents saturés d'hormones, une odeur jaune qui s'était incrustée dans les joints et tenait le bâtiment comme une glu. Il regardait le plafond, la bouche légèrement entrouverte.

– Qu'est-ce qui s'est passé, bordel ? cria Fouine.

Sinatra sursauta, envoya un jet contre le mur, arrosant des décennies d'art brut : cœurs transpercés de flèches, promesses d'Algérie française, *René + Jean-Louis,* sexes jaillissants, *mort aux fellouzes*, le tout verni d'oubli. Il corrigea sa visée, puis se secoua et remonta sa braguette. Quand il se tourna vers nous, il souriait.

– Vous êtes prêts ?

– À quoi ?

– À ça : mon père a répondu.

– Hein ?

– Enfin, son agent. Il a dit que Frank voulait faire des tests pour voir si j'étais son fils. Ils vont envoyer quelqu'un. Un genre d'expert.

– Tu déconnes ?

– Ben non. C'est l'abbé qui me l'a dit.

– Ils l'envoient quand, l'expert ?

– J'en sais rien, moi. Ils ont intérêt à faire vite. Parce que je veux pas moisir ici.

Il se mit à rire, nerveusement, à rire de plus en plus fort, jusqu'à ne plus pouvoir s'arrêter. Quand il reprit enfin son souffle, il mit ses mains sur ses hanches et bomba le torse.

– Avouez que ça vous en bouche un coin.

Puis il sortit en secouant la tête et en sifflant *My Way*.

– Tu crois que c'est possible ? marmonna Fouine. Que Sinatra soit son père ?

– Je sais pas. C'est vrai qu'ils se ressemblent.

– Moi, j'attends de voir le résultat des tests.

– Moi aussi.

Nous rejoignîmes les autres, le coin un peu bouché, les yeux pleins des lumières du Strip, un goût de homard à volonté et de T-bone steak au fond de la gorge. C'était inconcevable. C'était illogique.

Mais on avait vu des choses plus incroyables, et on allait en voir encore.

Il pleuvait des cordes, et pas de la ficelle d'épicier. Des amarres de cargo, noires de vase et de diesel. Grenouille prit un malin plaisir à garer la DS le plus loin possible du manoir du comte.

– On pourrait pas se rapprocher ?

– L'allée est pleine de boue. Tu voudrais pas que je me salisse les pneus, quand même ?

Je courus sous trois cents mètres de fureur et de grêle. Je grelottai dans mes fleurs, un peu sonné, en attendant le bon vouloir de Rose. Une heure passa.

Un feu brûlait dans le salon quand on m'admit enfin. J'approchai, autant pour me réchauffer que pour sécher mon chandail. La gouvernante nous avait abandonnés, ayant sans doute établi que nul n'écrirait jamais d'opéra sur nous – elle avait raison. Rose se tourna vers moi depuis son banc, dans la même robe rouge que le premier jour, d'une arrogance de coquelicot.

– T'as jamais entendu parler d'un parapluie ?

– T'as bien posté notre lettre ?

– *Bonjour, Rose. Comment vas-tu, Rose ?* On ne vous apprend pas les bonnes manières dans votre *orphelinat* ?

Elle avait appuyé sur le mot, pour faire mal. Elle éclata de rire.

– Ce qu'il y a de bien, entre nous, c'est qu'on se déteste, et qu'on peut tout se dire sans crainte de se faire souffrir. Tu me trouves pimbêche, gâtée, trop riche, trop ceci, trop cela. Tu n'aimes pas la façon dont je m'habille.

– J'aime la façon dont tu t'habilles, je corrigeai dans un souffle. Marc Bohan est un génie.

Je ne faisais que répéter ce que ma mère affirmait. Je ne savais rien du génie, à l'époque, rien d'autre que ce qu'on m'en disait. Mais j'aimais cette robe, vraiment. Cette robe qui la corsetait et la libérait à la fois, cette robe et ses replis ombreux où j'aurais aimé me perdre et m'épuiser. Rose se tut, sidérée. Je ne l'aurais pas davantage surprise si j'avais tiré un bouquet de son oreille, comme j'avais vu un magicien le faire au dernier anniversaire de ma sœur. Inès avait piaillé de joie. Elle n'en avait pas eu beaucoup, des anniversaires.

Je glissai sous la garde de Rose, profitant de sa surprise.

– Mais le reste est vrai. Pimbêche, gâtée, trop riche. Et tu te parfumes trop.

Elle rit de nouveau. Cette fois ses lèvres étaient blanches, plus encore que d'habitude. Elle contre-attaqua vite.

– Et toi, tu sens le mouton mouillé.

– C'est ce foutu pull de laine, il est trempé.

– Non, Joseph. Tu sens le mouton mouillé même sans ce foutu pull, même quand il ne pleut pas. Tu es désagréable, sinistre et égoïste. Nous pouvons nous dire tout ça franchement, non ? Je trouve formidable de ne pas avoir à faire semblant.

– Parce que tu as déjà fait semblant, toi ?

– À longueur de journée. Je fais tellement semblant que même maintenant, je fais semblant. Semblant de te supporter. La vérité, c'est que j'aimerais te pousser dans le feu.

Je me tournai vers l'âtre. Rendre mes atomes, moi aussi. M'éparpiller, tourbillonner dans la colère d'un après-midi d'octobre qui ressemblait à une nuit.

– T'as posté notre lettre, oui ou non ?

– Oui, j'ai posté votre lettre.

– T'es sûre ?

– Tu veux pas un reçu, non plus ?

Un peu réchauffé, je pris place au piano.

– Bon, aujourd'hui, on va étudier…

– Non, aujourd'hui, *tu* vas étudier. Jouer pour nous deux. Arrange-toi pour que j'aie l'air de m'améliorer, mes parents seront contents. Surtout mon père, qui n'aime pas dépenser son argent pour rien. Moi, je vais lire. Samedi prochain ce sera pareil. Et le suivant aussi. Alors pense à doser mes progrès. Et arrête de me regarder avec cet air de chien battu.

J'avais une dette. Alors je jouai, ou plutôt j'enfonçai des touches qui commandaient un marteau, lequel frappait une corde qui émettait une note, note qui s'intégrait ensuite dans une mélodie, une harmonie, ou les deux. Il n'était pas question de musique. Rose m'étudia par-dessus son livre.

– C'est drôle, murmura-t-elle.

– Qu'est-ce qui est drôle ?

– Tu n'as plus jamais joué comme ce premier jour, dans le bureau de l'abbé.

Je ne trouvais pas ça drôle, pas drôle du tout. Je trouvais dérangeant qu'elle l'ait remarqué.

– Je ne me souviens pas avoir joué différemment.

– Oh si. Si tu rejouais comme ça, et que je t'entendais du bout du monde, je te reconnaîtrais. Qui t'a parlé de Marc Bohan ?

Elle referma son livre, elle sautait d'un sujet à l'autre avec une inconscience de trapéziste. Je pris mon air suffisant.

– Tout le monde connaît Marc Bohan.

– Non. C'est ta mère, c'est ça ? Ils faisaient quoi, tes parents ?

Deux mois d'indifférence et soudain c'était la mitraille, de toutes parts. La terre qui tremblait, la peur dans la bouche, les vitres qui rayaient l'air en traînées argentines. Je résistai à une furieuse envie de partir en courant.

– Les chaussures que porte ton père, ses richelieus... C'est mon père qui les fait. Faisait. Enfin, il les faisait pas lui-même, c'était son entreprise. Ça et les matelas.

– Ils sont morts comment, tes parents ?

Stabat mater dolorosa
Juxta crucem lacrimosa
Dum pendebat Filius.

– Tu veux pas en parler ?

La mère se tenait, douloureuse, en larmes, près de la croix où l'on avait pendu son fils. Son fils difforme, son fils bosselé d'épines, la gouache noire mêlée au sang, à la sueur, aux larmes, la gouache qui rayait le visage et puis cette bouche de travers, bavant du vinaigre sur du papier bon marché. Giovanni Battista Pergolesi en avait fait la musique la plus tendre qui fût. Et moi, j'avais *ri*. Ri de la misère d'un homme.

– Accident d'avion.

– Hmm.

Pas « désolée », ou « c'est triste, terrible, pauvre Joseph ». Juste « hmm ». Et elle ne m'adressa plus la parole, non seulement ce jour-là, mais aussi pendant les mois qui suivirent, à part pour dire bonjour, merci, au revoir. Je lui en fus reconnaissant. La haine, comme la prière, se nourrit de silence.

Le lendemain soir, Marie-Ange ne prononça pas le mot *vigie*. Elle ne le prononça pas le dimanche d'après, ni celui qui suivit. Il fallut se rendre à l'évidence : notre lettre s'était perdue, ou quelqu'un l'avait ouverte avant elle et prise pour un canular. Nous préférions ne pas penser qu'elle ait pu la lire sans réagir.

Novembre s'installa, une grisaille moite, cisaillante, qui nous confinait derrière les vitres dégoulinantes de buée. La grosse chaudière du sous-sol avait été démarrée, on l'entendait rugir à travers la pierre. La corvée de charbon s'était ajoutée aux autres, au ravissement de Grenouille, qui, chaque fois qu'il croisait Edison, faisait remarquer : « Tiens, t'étais de charbon aujourd'hui ? », avant de partir d'un rire glaireux de fumeur. Il fallait transférer le combustible de la chute à charbon jusqu'à la gueule du monstre, et l'ardeur des plus petits me sidéra d'abord. Ils poussaient des brouettes énormes, chacun tenant une poignée, parfois aidés d'un troisième, sous le regard satisfait des plus grands. Ces derniers leur avaient fait croire que si le charbon venait à manquer, c'était *eux* qu'on enfournerait dans la chaudière. Qu'un petit orphelin, ça brûlait longtemps et produisait une chaleur recherchée pour sa douceur par tous les ogres du monde.

Sinatra était sur les nerfs, il bondissait dès que quelqu'un klaxonnait au portail. Il ne s'agissait jamais de l'expert promis, mais de la boulangerie industrielle qui livrait notre pain, d'un chargement de charbon et même, une fois, d'une famille d'Allemands qui s'était égarée et croyait avoir trouvé leur hôtel.

– C'est encore un coup du Juif, marmonnait-il.

– Qu'est-ce qu'ils t'ont fait, les Juifs ? voulus-je savoir.

– Ils m'empêchent de voir mon père, voilà ce qu'ils m'ont fait. Et maintenant, ils retardent l'expert.

Edison, qui n'ouvrait que rarement la bouche et pensait circuits, charges électriques, positif, négatif, Edison ouvrit la bouche.

– Tu nous les brises.

– On t'a sonné, toi ? Retourne en Afrique.

– Je viens du Jura, gros connard !

Edison sauta à la gorge de Sinatra, il y eut bagarre, puis les deux se serrèrent la main à contrecœur sous l'égide de Fouine, notre chef tacite. Sinatra concéda qu'il n'avait pas vraiment grand-chose contre les Juifs. Edison, que Sinatra n'était pas gros.

La Vigie s'obstinait à se réunir par tous les temps. Fouine avait négocié un morceau de bâche auprès d'Étienne, nous nous allongions dessous lorsqu'il pleuvait. C'était étroit, étouffant. Mais nous étions au sec. Nous écoutions notre radio à la lueur d'une ampoule volée dans un couloir, qu'Edison alimentait avec un circuit de pommes de terre. Par une nuit obscure où la neige menaçait, le premier dimanche de l'Avent 1969, Marie-Ange souffla, au moment de rendre l'antenne : « Et surtout, soyez *vigilants* sur la route. » Six cœurs bondirent, oui, même celui de Momo, car nous avions sursauté si fort qu'il sursauta aussi. Il y eut un long débat pour savoir si le mot comptait. *Vigie*, c'était difficile à caser, à bien y réfléchir. Peut-être était-ce le seul moyen qu'elle avait trouvé de le faire, en le nichant dans un autre mot. Mais l'avait-elle détaché ? Souzix avait entendu *vigie-lant*, moi, *vi-gi-lant*, les autres n'avaient pas perçu la moindre insistance. L'enthousiasme retomba. Et comme rien ne se passa dans les semaines qui suivirent, il fallut bien convenir qu'il s'agissait d'une coïncidence.

Le dernier dimanche de l'Avent, c'était la tradition, l'orphelinat entier descendait au village. Le car se garait sur une esplanade pavée près d'un torrent à la sortie du bourg, puis nous entrions en procession derrière une grande étoile de papier mâché. L'abbé ouvrait la marche. Après quoi nous jouissions de la liberté d'aller et venir autour de la place du village. Une liberté sévèrement contrôlée par Grenouille, qui, chien de berger pervers, décrivait de larges cercles et ramenait ceux qui s'éloignaient trop vers le centre du troupeau à coups de bottes cloutées. Il n'avait pas son pareil pour nous dénicher dans les ruelles les plus sombres, les plus étroites, et nous en expulser.

Nous étions des fantômes, je n'en eus jamais tant conscience que ce jour-là. Les villageois souriaient, applaudissaient à notre passage. Mais ils ne nous *voyaient* pas. Ils ne voyaient que l'abbé qui souriait, serrait leurs mains, et les membres de l'encadrement : quelques sœurs, Rachid et Camille qui s'étaient portés volontaires. Ils ne voyaient pas le petit nouveau qui trébuchait en tête de notre horde spectrale. Leurs yeux flottaient au-dessus de nos têtes. Sans passé, sans avenir, sans avant et sans après, un orphelin est une mélodie à une note. Et une mélodie à une note, ça n'existe pas.

Les seules fois où nous gagnions un semblant de substance, c'était lorsque nous entrions dans un commerce. Là, ils plissaient les yeux et, au prix d'un effort surhumain, distinguaient une forme vague qu'ils ne fixaient pas directement, comme s'ils n'étaient pas sûrs de son emplacement. Plus nous restions longtemps, plus nous dépensions, plus ils s'enhardissaient, prenant sans faillir les billets que nous échangions contre friandises, images ou magazines sportifs.

Et puis nous repartions, laissant une vibration dans l'air, un vol d'engoulevents, une impression crépusculaire, mais pas d'empreintes dans la neige. Et si d'aventure il y en avait, des empreintes, on les balayait vite. On claquait les volets, on pensait peut-être *pauvres gamins* puis, presque aussitôt, *on est quand même mieux chez soi.*

– À table, on ne parle ni de politique, ni de sexe, ni de religion, m'avait appris mon père.

Il le tenait de sa mère, c'était un bon conseil. Lors du repas de Noël, donné dans le réfectoire illuminé par des dizaines de bougies, on ne parla donc pas de politique, encore moins de sexe. On parla en revanche de religion. Beaucoup. L'abbé lui-même avait pris la place du lecteur et se levait entre chaque plat pour nous lire un passage des Évangiles. Nous tremblions d'impatience et de faim après les deux heures de messe que nous venions d'endurer au couvent des dominicaines. Sénac nous enjoignait d'avoir le cœur en joie, l'âme remplie d'allégresse. Nous avions l'estomac dans les talons.

Le menu ne différait pas de notre ordinaire, à l'exception d'une brioche collante, décorée de fruits confits, livrée par la boulangerie industrielle trois jours plus tôt en guise de dessert. La ration de vin avait été doublée pour les plus de seize ans. Nous en faisions boire en douce aux petits. La boulangerie avait aussi livré une caisse de chapeaux coniques et de cotillons qui avait fini dans la chaudière. C'était Noël, avait rappelé l'abbé, pas carnaval. Mais les habitants des Confins semblaient heureux. Sénac lui-même avait paru joyeux, presque léger, toute la journée.

– Pourquoi tu fais cette tête ? me souffla Fouine.

– Parce qu'à mon dernier Noël il y avait de la dinde. Et de la bûche.

– Moi mon dernier Noël, l'immeuble s'est effondré sur nous.

Nous fûmes autorisés à sortir. Minuit approchait, un parfum de résine et de pommes de pin glissait sur un froid saisissant. Grenouille, qui avait attrapé une grippe de tous les diables lors de la sortie au village, grommelait en tapant des pieds dans la neige fraîche. Il nous surveillait, la tête un peu renversée en arrière, comme s'il n'arrivait pas à lever complètement les paupières. Un chant de bronze monta à nous, douze coups cueillis par une bourrasque de neige à la pointe d'un clocher. Une joie sourde traversa les cœurs, une joie de mangeoire, d'animaux qui parlent à la bascule de minuit tandis qu'à l'Orient, trois bergers emboîtaient le pas à une étoile. Ceux qui l'avaient entendu faire dans une vie antérieure murmurèrent « Joyeux Noël », et quelques yeux piquèrent. Je donnai un coup de coude à Momo.

– Eh. Joyeux Noël, mon vieux.

Il hocha vivement la tête, plusieurs fois, enfouit ses lèvres entre les oreilles d'Asinus pour lui parler sans mots de dattes fourrées à la pâte d'amande, d'oreillettes bien grasses, de roscos à l'anis et de fleur d'oranger, les délices parfumés des Noëls d'autrefois.

Sénac frappa dans ses mains pour réclamer le silence.

– Un sauveur nous est né, alléluia, alléluia !

– Alléluia ! crièrent quelques fayots.

– Ce temps de joie et de recueillement, d'abaissement devant le plus grand des miracles, est aussi un temps de pardon. Le plus pécheur d'entre les pécheurs, celui dont vous aviez chassé le nom de vos mémoires, m'a exprimé ce matin son repentir. Il m'a supplié, à genoux, de lui permettre de rejoindre l'Église. Quel père refuserait ?

Un murmure d'excitation parcourut la cour.

– Satan a courbé l'échine devant la puissance du Christ. Il est temps de ramener la brebis égarée de l'oubli !

Fouine avait blêmi. D'autres gamins trépignaient, un petit se mit à pleurer, hystérique.

– Qu'est-ce qui se passe ?

Fouine ignora ma question, livide.

– Avec moi, Les Confins !

Sénac avait les joues rouges de froid, une mine réjouie que je ne lui avais jamais vue. Suivi par une pagaille d'orphelins, et par Grenouille, qui titubait, il prit le chemin du dortoir. Il le dépassa, sortit une lourde clé de sa poche et déverrouilla la porte de métal par laquelle il avait disparu le soir où j'avais découvert la Vigie. Le petit hystérique redoubla de larmes à la vue des escaliers qui s'enfonçaient dans le noir et se figea, refusant d'avancer. La joyeuse cohue le contourna sans plus faire attention à lui, ni à la flaque qui s'élargissait sous ses pieds déroutés.

Vous pensez tout savoir et vous ne savez rien. Vous pensez tout savoir des Confins, de la folie des hommes, mais le peu que j'en sais, je l'appris à Noël 1969, quand nous descendîmes l'escalier de pierre qui menait au sous-sol. C'était un sous-sol différent de celui de la chaudière, en pierre jaune – l'ancien prieuré avait dû être bâti sur des fondations existantes. Un couloir de moellons, percé d'arches latérales condamnées par des grilles, conduisait à une porte métallique. Le couloir était propre, bétonné, éclairé à intervalles réguliers par des ampoules pendant d'un câble noir. On s'attendait à une odeur d'humidité, de vieux donjon, mais il flottait dans l'air un parfum d'encens, comme si la fumée des messes dominicales était retombée, trop lourde de suppliques, et s'était enfoncée dans le sol au lieu de monter. C'était peut-être pour ça que Dieu n'avait pas répondu.

– On est où ? demandai-je à Souzix.

– L'Oubli.

Cette fois je l'entendis : la majuscule au début du mot. *Le temps de ramener la brebis égarée de l'Oubli.* Les pensionnaires se disposèrent en haie de part et d'autre de la porte au bout du couloir. Sénac attendit quelques secondes, puis l'ouvrit avec une seconde clé.

Rien ne se passa.

– N'aie pas peur, dit l'abbé. Viens.

Un homme sortit en clignant des yeux. Le crâne rasé, encore zébré des allées et venues d'une tondeuse vengeresse, le visage mangé par sa barbe.

– Tu as quelque chose à nous dire, je crois.

Il avança dans la lumière. Ce que j'avais pris pour une barbe n'était que l'ombre accumulée au creux de ses joues. Ce n'était pas un homme. Ce n'était pas un adolescent non plus, pas avec de tels yeux. Et puisqu'il n'avait pas été un enfant, puisque aucun des habitants des Confins ne l'avait jamais été, je crus un instant que j'admirais une forme de vie extraterrestre. Je ne le reconnus qu'à son tee-shirt rouge. Le même que sur l'unique photo que j'avais vue de lui, à ceci près que le rouge ne se devinait plus qu'en zébrures magmatiques, sous la couche de crasse qui noircissait le tissu.

– Vas-y, répète à tes camarades ce que tu m'as dit ce matin.

– Pardon, souffla l'extraterrestre.

– Plus fort, ordonna l'abbé.

– PARDON !

Il avait crié. D'abandon, pas d'affront, un cri de nouveau-né. Sénac rayonnait.

– Bienvenue parmi nous, Danny. Ta famille t'ouvre les bras, en ces heures saintes entre toutes. En l'honneur de Danny, récitons le credo.

Je crois en un seul dieu, créateur du ciel et de la terre, et de l'univers visible et invisible...

J'ai rêvé que cet endroit était mou. Que les murs étaient mous, que les escaliers étaient mous, que lorsque l'on percutait les premiers ou que l'on dévalait les seconds, projeté, poussé, fatigué, trébuchant, on rencontrait une étreinte chaude, un rebond doux, qui nous consolait et nous redressait. J'aurais voulu leur dire, aux bâtisseurs de Saint-Michel-de-Geu, de construire mou.

Mais Joe, objecterez-vous, soyez raisonnable. Votre prieuré mou se serait effondré. Il n'aurait pas tenu. Il n'y aurait plus, à la place, qu'une forêt tranquille aux racines centenaires.

Exactement.

Sénac n'avait pas inventé l'Oubli. Il en avait hérité de son prédécesseur, le père Puig. L'ancien cellier avait été transformé après la guerre en « lieu de prière », destiné à faire comprendre aux récalcitrants que, quelle que fût leur situation, il y avait toujours pire. L'Oubli accueillait des pensionnaires sans distinction d'âge. Nombre des larmes qui en mouillaient le béton étaient d'une eau pure, et ne tombaient pas de très haut. On y restait en général un jour ou deux, dans une obscurité à peine grisée par la lumière qui glissait sous la porte. Une semaine au plus, pour les fortes têtes.

Danny y avait passé deux cent trente-huit jours.

On l'avait retrouvé en bas de la paroi qu'il avait tenté d'escalader pour fuir, la cheville foulée. En entrant à l'Oubli, fin avril, Danny avait juré qu'il ne s'excuserait jamais. Sénac avait promis qu'il n'en sortirait que lorsqu'il s'excuserait. *Deux cent trente-huit jours*. J'avais vécu aux Confins pendant tout ce temps sans soupçonner qu'un cœur palpitait sous mes pieds. Quand j'avais sauté sur un lit chez Henri Fournier en hurlant « *Pleased to meet you, hope you guess my name!* », Danny était déjà à l'Oubli. À l'Oubli quand la Caravelle s'était écrasée, quand Michael Collins avait déposé Armstrong et Aldrin sur la Lune. À l'Oubli quand j'avais rencontré Rose, entendu le rythme pour le perdre aussitôt. Mais le plus étonnant n'était pas là.

Le plus étonnant, c'était que mes amis n'avaient pas menti. Danny était mort.

Bien sûr, son corps bougeait. Stimulus, réaction, il fonctionnait comme un piano mécanique. Le Danny du mythe, ce mythe que les membres de la Vigie avaient forgé jour après jour, qu'ils m'avaient transmis dans l'espoir qu'à mon tour je l'embellirais et le passerais à d'autres, ce Danny-là s'en était allé quelques mois plus tôt, tabassé dans une robe à fleurs. Mes amis, si mal éduqués qu'ils fussent, si ignorants de tout, avaient compris avec une acuité inouïe qu'il s'était éteint ce soir de printemps. C'était tout juste s'ils ne l'avaient pas vu se lever, quitter son corps et abandonner cette carcasse encombrante sur les dalles fraîches des Confins. Danny n'était plus, eux le savaient depuis longtemps. Et le reste de l'orphelinat en eut la preuve lorsque, la semaine de son retour, il approcha d'un groupe de trois grands qui ciraient les chaussures d'un minot à coup de glaviots. Les agresseurs se figèrent en le voyant – autrefois, il les aurait rossés. Danny les dépassa sans prêter attention au petit martyr.

Les membres de la Vigie étaient lugubres. Leur ancien chef n'était pas venu à notre première réunion après sa libération. Nous y avions combattu les missiles russes sans enthousiasme, consulté notre encyclopédie d'une page avec un peu plus d'enthousiasme pour essayer de comprendre à quoi servait ce fichu clitoris. Et quand Danny apparut après tout le monde le dimanche suivant, sur le toit, les mines s'allongèrent. Je compris vite que les autres lui en voulaient, parce qu'il avait juré qu'il ne s'excuserait pas. Parce qu'il avait eu le temps de souffler, avant d'entrer en cellule, « on ne se reverra plus », et qu'il ne mentait jamais. Il était Elvis Presley obèse, Schumann dans son asile, Schubert tremblant de syphilis, Beethoven dirigeant ses propres symphonies à contretemps parce qu'il n'entendait pas l'orchestre. Haydn gâteux, Sibelius ivre mort, Chet Baker édenté. Celui qu'on veut ne plus voir, effacer de sa mémoire, pour ne se souvenir que des grandes années.

En ces premiers jours de 1970, Danny prononça ses premiers mots depuis sa sortie des sous-sols. Il s'était assis contre le muret de la terrasse, sur un tas de neige, sans se soucier de la déblayer. Nous au centre, mal à l'aise, autour de notre radio. Le vieux Telefunken peinait à extraire notre émission préférée d'une tempête magnétique.

– C'est qui ces branques ?

Sa voix était banale. Ni basse ni aiguë, une voix moyenne, juste un peu rauque. Elle n'avait rien d'extraordinaire, si ce n'était d'exister après un silence de deux cent trente-huit jours.

– Vous êtes sourds ? C'est qui ces branques ? répéta Danny.

– Deux nouveaux membres de la Vigie, expliqua Fouine. Lui c'est Joe, lui c'est Momo.

– Ça m'étonnerait, j'ai pas voté. Toute admission ne peut se faire qu'à l'unanimité. Je vote contre.

– Ouais, moi aussi je vote contre, renchérit Sinatra.

– On t'a pas demandé ton avis, lâcha sèchement Danny.

Edison pouffa, Sinatra rougit et fit un doigt d'honneur à Danny pendant qu'il ne regardait pas. Fouine gardait son calme, son nord, comme seul en était capable quelqu'un qui, à cinq ans, était passé du sixième étage au rez-de-chaussée en moins de deux secondes.

– Tu pouvais pas voter. T'étais pas censé revenir. Ils sont admis, et c'est réglé.

Danny capitula sur un haussement d'épaules. Les autres lui en voulurent deux fois plus.

Par un jour de grésil, je montais les escaliers de marbre pour rejoindre le bureau de l'abbé quand je vis Danny descendre. Il assistait toujours aux réunions de la Vigie sans rien dire, et la seule trace de vie dans son corps immobile, tassé sur lui-même dans la nuit de janvier, était le brouillard bleu qui lui collait aux lèvres. Il n'ouvrait pas la bouche, surveillant nos jeux de l'air narquois de celui qui n'y croit plus, mais donnerait tout pour croire encore.

Il étendit la jambe au moment où je le dépassai. Je m'affalai sur les marches. Souffle coupé, sang et pierre dans la gorge. Danny poursuivit son chemin comme si de rien n'était. Il y eut la fois où il tira ma chaise quand je voulus m'asseoir. Le compas qu'il me planta dans la main. Je cessai de me rendre aux réunions de la Vigie. Momo, bien sûr, m'imita. Fouine, Edison et Souzix nous supplièrent de revenir, Sinatra s'en foutait. Et la Vigie reprit sa vie sans nous, comme avant, avec son héros recollé. L'hostilité de Danny à mon égard continua, vicieuse, inattendue. Ce monstre sorti du sol dilapidait, jour après jour, le peu de joie que j'avais tamisé, lavé, économisé, dans le fleuve de boue qui m'avait emporté un soir de mai.

Le 1er février, une neige de légende farda Les Confins. Tout devint blanc, un maquillage de soir de bal. La neige ralentit nos mouvements, nos cœurs, nos haines. Sauf celle que Rose et moi éprouvions l'un pour l'autre, cette haine qui nous réunissait tous les samedis, radioactive, nucléaire, ce globe radieux contre lequel le froid ne pouvait rien. Elle me tint chaud tout l'hiver.

Un matin, Grenouille revint chercher Sinatra en classe. Notre ami reparut une heure plus tard, exhibant crânement une marque rouge au creux de son bras. Un médecin américain, accompagné d'une infirmière tellement belle qu'il en avait encore des points dans les yeux, était venu lui faire une prise de sang. On lui avait recommandé d'être patient, les résultats pouvaient prendre du temps, apparemment Frank prenait l'affaire au sérieux. Il s'agissait de ne pas se tromper.

Le soir de la Chandeleur – si je m'en souviens, c'est que c'était le jour des crêpes, et qu'il n'y en eut pas –, je sortis dans la cour après avoir terminé le courrier de l'abbé. Un poids me tomba dessus, m'envoya bouler dans la neige. Des coups plurent sur mes épaules, sur mon ventre, je discernais le visage de Danny dans la lumière du perron, ses yeux givrés, ses yeux indifférents. Sa violence, soudain, me rentra dans les veines, celle de générations d'orphelins égratignés, meurtris, griffés, familiers du sang et du gravier. Sans plus tenter d'éviter ses poings, je refermai les mains sur son cou. La manœuvre le surprit, il voulut reculer, trébucha. J'étais amarré à son cou. Sa tête heurta une marche. Je continuai de serrer, sans la moindre émotion.

Tout sèche dans les prisons, le cœur, l'âme, tout sèche sauf la force, qui, au contraire, grandit. Danny était résistant. Il aurait pu lutter. Mais il défit ses poings et me laissa faire, la bouche ouverte sur l'air qui n'entrait plus. Ses yeux étaient calmes, presque joyeux. Tellement doux que je le lâchai d'un coup. Danny fixait le ciel, les lèvres retroussées. Puis il sursauta, arracha à pleines dents un long morceau de nuit. Il respirait de nouveau.

Je me relevai le premier, et lui fis une promesse :

– Un jour, je te tuerai.

Danny se tourna vers moi, des flocons enfilés comme des perles sur ses longs cils.

– Merci.

Tout commença en Angleterre, en 2003. À Sheffield, plus précisément, et plus précisément encore dans Sharrow Vale Road. Un jour de juin – la date exacte est oubliée, mais j'aime imaginer que c'était juin –, un habitant laissa dans la rue un piano qu'il n'arrivait pas à faire passer dans l'escalier de son nouvel appartement. Il le couvrit d'une bâche. Et colla un message invitant tout passant qui le souhaitait à en jouer. Les pianos publics étaient nés. L'idée que l'on se fait d'un piano public en tout cas : un instrument offert dans un lieu de passage, qui appartient à tous sans appartenir à personne.

Mais un piano n'a pas besoin d'être dans la rue, dans un aéroport, dans une gare, un piano n'a pas besoin d'être *dehors* pour être public. Une porte ouverte suffit. La preuve : c'est par la porte restée ouverte d'un magasin d'instruments de musique de New York, au 211 W 58th Street, qu'un homme m'entendit jouer en septembre 1981. C'était l'été indien. Une saison comme l'Amérique seule en produit, un après-midi d'ombres roses, un peu joueuses, qui s'échappaient quand vous ne regardiez pas. L'homme entra sans ôter son chapeau, un trilby de laine. Il était grand, accompagné d'une femme sublime, géniale, cinglée, dont j'apprendrais plus tard qu'elle avait cent vingt chats et qu'elle s'appelait Pannonica – de ces deux faits, je ne sais toujours pas lequel m'étonne le plus. Il approcha du piano que j'essayais à la demande d'un ami. Notre conversation fut courte, je le crus en tout cas, car on m'assura plus tard qu'il avait été loquace. L'homme posa une main sur mon épaule. Il parlait avec un léger chuintement.

– *Your old man taught you to play ?*

Si mon père m'avait appris à jouer ? *Oh, no*, lui répondis-je, je suis orphelin, *I'm an orphan.*

– *You play like that, you ain't an orphan no more.*

Si tu joues comme ça, tu n'es plus orphelin. Il sortit, la femme me sourit et le suivit.

Thelonious Monk mourut quelques mois plus tard. Je le reconnus dans les journaux. Un génie du jazz, et on l'avait dit fou. Le public, ses collègues. Fou parce que capable de partir en plein concert, de s'endormir sur son clavier. Fou pour son phrasé, ses accords à deux notes qui n'étaient plus des accords, ses étranges chapeaux, ses regards dans le vide et ses longues absences. Fou parce que le jour de son décès, lui le génie, lui le virtuose, n'avait pas touché un piano depuis six ans. Beaucoup pensent qu'il s'en était détourné.

Je sais aujourd'hui qu'il n'a jamais cessé de jouer, qu'il n'avait tout simplement plus besoin d'un clavier.

Ce fut peut-être ma bagarre avec Danny, la peur que j'avais éprouvée en constatant que je pouvais tuer un homme – même si l'homme en question voulait mourir –, qui fit tout basculer. Après vingt-quatre samedis, vingt-quatre heures perdues à attendre d'être admis par Rose, une journée entière de ma courte vie égarée sur un banc, dans un couloir sombre face à des fleurs mortes depuis deux cents ans, j'en eus assez. Le 7 février 1970, je pris le chemin du salon sans attendre, croyant y trouver Rose, plongée dans un livre pendant que l'heure craquait.

La pièce était vide. Le murmure des boiseries, l'ombre grinçante, tout me soufflait que je n'étais pas à ma place. Je fis demi-tour en hâte, m'engageai dans le mauvais couloir. Bifurquai, me perdit. L'haleine de la maison était plus forte, un ahanement audible à présent, *ahan, ahan,* de bête assoupie. Une voix me fit sursauter, répercutée cent fois dans le labyrinthe. *Ahan, ahan.* Je remontai, à l'oreille, jusqu'à une porte entrouverte. Le souffle venait de là.

C'était une chambre, du peu que j'en devinai en collant mon œil à l'entrebâillement. Un bouquet de fleurs sauvages, des vraies celles-ci, tentait d'en égayer l'intérieur, sans parvenir à dissiper la mortelle tristesse qu'exhalaient les murs, le souvenir des douairières qui y avaient vécu. L'homme gris que j'avais aperçu dans le couloir, quelques mois plus tôt, se tenait près d'une créature mythologique mi-femme, mi-éléphant : Rose, vêtue d'un vieux pantalon, avec pour seul haut un soutien-gorge qui ne soutenait pas grand-chose. Un masque sur le visage, elle était reliée par une trompe à un étrange appareil, un soufflet dans un cadre de métal qui montait et descendait pendant que le type, stéthoscope au cou, prenait des mesures en l'auscultant de temps à autre.

Rose peinait, le front brillant de sueur et vide de

sang, à actionner le soufflet par la seule force de sa respiration. Je me surpris à retenir mon souffle et à le relâcher avec elle, parce qu'elle ne m'avait pas fait attendre pour rien. Elle était malade. Et entre malades, il fallait bien s'aider.

J'avais vu cet appareillage un jour chez notre médecin de famille. *Tuberculose.* Ma haine se fissura sans crier gare, je voulus la retenir de toutes mes forces, de toutes mes mains, mais il était trop tard. Elle se lézardait comme la chambre de Fouine un soir de Noël, d'énormes plaques en tombaient déjà, se fracassaient en un sablon toxique, la tuyauterie ployait, des torrents jaillissaient, emportant tout sur leur passage, et le reste s'effondra dans un soupir d'agonie. Je fis ce que n'importe quel homme raisonnable aurait fait : je partis en courant.

La gouvernante me trouva assis sur le perron, transi dans le manteau de laine que l'on nous donnait pour l'hiver. Elle était mécontente – « je vous ai cherché partout » –, et elle me précéda de son trottinement outré jusqu'au salon. Rose, au piano, portait maintenant une robe en soie cloquée écrue, frappée de quatre boutons noirs disposés en carré, deux aux épaules, deux sous la poitrine. Marc Bohan encore. Je crois pouvoir dire que, comme Monk, Bohan avait trouvé le rythme. Un rythme d'aiguilles et de molleton, peut-être, mais un rythme tout de même.

– Tu es en retard, observa-t-elle. Je n'ai pas que ça à faire.

– Bien sûr que si, tu n'as que ça à faire.

Durant les trente minutes que j'avais passées dans le froid j'avais réussi à rebâtir ma haine, ou plutôt une enceinte de confinement, un replâtrage hâtif qui tiendrait le temps de la leçon. De retour à l'orphelinat, je disposerais d'une semaine pour assurer l'édifice, effectuer les travaux de consolidation nécessaires. La haine de Rose, elle, était intacte. Une haine de riche, de marbre pur, et pas n'importe lequel : du marbre italien, celui des Borgia, des Medici. Mais quelque chose dans la chimie de l'air, dans l'équilibre subtil qui contrôlait la collision permanente de nos rages, changea ce 7 février.

Rose se leva et s'arrêta à un mètre de moi, impériale.

– Tu n'as pas le droit de me parler comme ça.

– Je te parle comme…

Elle me gifla avec grâce. Elle voulut retourner

au piano, je l'agrippai par le bras. Rose se dégagea d'un geste brusque.

– Ne me touche pas !

– Sinon quoi ?

– Sinon je hurle au viol.

– Qui voudrait violer une tuberculeuse ?

En 1908, en Sibérie, une onde de choc d'origine mystérieuse vitrifia la terre, abattit soixante millions d'arbres, souffla tout ce qui pouvait l'être sur cent kilomètres. Elle envoya un vortex de poussière et de cendres jusqu'en Espagne. On ne trouva pas la moindre trace d'impact, pas le moindre débris au sol. Les explications scientifiques les plus récentes attribuent le phénomène à l'explosion d'un météore à moins de dix kilomètres de la Terre. Je sais que c'est faux. Qu'un homme, là-bas, sur les rives de la Toungouska, offensa une femme.

– Qui t'a dit ça ? demanda-t-elle d'une voix à peine audible.

– Je... je l'ai vu. Par accident ! Je cherchai le salon, je me suis perdu et...

– Tais-toi.

Elle allait appeler son père. Me faire jeter dehors. Le comte raconterait tout à Grenouille, qui s'étonnerait peut-être de me découvrir si mauvais, si vicieux, et me taperait dans le dos en me félicitant, avant de me livrer à l'abbé.

Rose retourna s'asseoir au piano.

– Je suis contente de ne pas avoir posté ta lettre, finalement.

– Tu n'as pas posté notre lettre ?

– Non.

– Mais pourquoi ?

– Je l'ai lue.

– *Quoi ?*

– Je ne pensais pas que ce serait très bon pour les affaires de papa, qui vous a tant donné, s'il y avait un scandale, expliqua-t-elle. Voilà. Nous sommes quittes. Jouons, maintenant.

Je la rejoignis, abasourdi, furieux – restait à savoir contre qui. Elle ouvrit la partition. La *Sonate n° 1* de Beethoven, une œuvre de jeunesse où Ludwig avançait masqué, déguisé en Mozart. Mais le costume craquait sous le corps puissant, vigoureux, qui ignorait encore tout des tourments à venir, ceux du génie et de la surdité, dont il n'est pas certain que le second fût le pire. Je déchiffrai à vue, mécaniquement. Après quelques mesures, Rose rabattit le couvercle. Je n'eus que le temps de retirer mes doigts.

– Je ne suis pas tuberculeuse. J'ai *eu* la tuberculose. Il y a presque un an. Les antibiotiques ont marché, je suis guérie. Mais j'ai toujours le souffle court, les médecins ne savent pas pourquoi. Ils disent que j'ai besoin de grand air, c'est pour ça qu'on est là. Je dois faire des exercices respiratoires pour retrouver de la capacité pulmonaire. Voilà, tu es content ?

– Je ne voulais pas…

– Si, tu voulais. Savoir, ou me faire mal. C'est pareil.

– Ce n'était pas la peine de me cacher que tu avais la… que tu avais été malade.

– Je ne t'ai rien caché. C'était là, devant toi. Tu n'entends pas comment je respire ?

Elle alla s'affaler dans le canapé où elle lisait habituellement.

– C'est quoi cette Vigie ? Celle dont tu parles dans la lettre ?

– Une société secrète.

Elle se mit à rire, avec un pétillement que je ne lui connaissais pas.

– Elle n'est plus secrète, alors, puisque tu viens d'en parler. Et elle sert à quoi cette société secrète ?

– À rien.

– Pourquoi elle existe, alors ?

– Pour ça. Pour pouvoir faire quelque chose qui ne sert à rien.

Elle hocha la tête, tripota son livre sans l'ouvrir.

– Je suis désolée. Je la posterai votre lettre, promis.

– C'est pas grave. Elle changera rien, de toute façon.

– Je la posterai quand même.

Puis elle me lança son livre. *La Vie des Grandes Saintes*.

– Je fais semblant de lire ça, pour mes parents. C'est d'un ennui… Tu connais des histoires ?

– Des histoires tristes. On a fait un concours.

– Raconte.

– On n'est pas censés jouer du piano ?

– Si quelqu'un s'étonne, on dira que tu me donnais un cours de solfège.

Rose tapota la place vide, à côté d'elle, sur le canapé.

– Raconte, je te dis. Tu as intérêt à ne pas m'ennuyer.

Je lui racontai Sinatra, Fouine, Edison, Souzix, comment la lumière avait mille façons de s'éteindre. Je lui racontai Danny, parce que c'étaient les seules histoires qui me restaient. Les autres avaient brûlé dans une haleine de kérosène. Rose m'écoutait, abandonnée sur l'accoudoir, un doigt fin contre l'arête de son nez, d'un air sérieux.

– Pas mal, dit-elle enfin. Moi aussi je connais une histoire triste. Plus triste que les tiennes réunies. Elle commence comme ça : « Il était une fois un jeune torero. » Tu veux l'entendre ?

Et moi, idiot que j'étais, je répondis oui.

Il était une fois un jeune torero. C'était à Séville, aux premiers temps de la guerre civile. Tous s'accordaient à dire qu'il était talentueux, qu'il donnait la mort comme personne, à part la Mort elle-même. Mais la guerre réduisait le nombre de corridas, et le torero passait sa vie à chercher le *toro* le plus dangereux, le plus féroce, l'animal qui assurerait sa célébrité en un seul combat.

Le torero avait une femme d'une grande beauté et d'une grande douceur. Il l'aimait plus que tout au monde, sauf peut-être la *muleta*, l'étoffe rouge qu'il agitait sous le nez des taureaux. « Tu n'as pas besoin de l'arène, lui disait-elle. Tu n'as pas besoin de l'habit. Tu n'as besoin de rien, puisque tu m'as moi et que je t'ai toi. » Le torero répondait : « Je veux te couvrir de bijoux, t'habiller de lumière, comme moi, je serai l'égal de ce garçon, Manolete, dont on parle à Madrid. Je me baignerai dans le sable, je me baignerai dans le sang, j'en reviendrai célèbre, et tu le seras aussi. »

La guerre avança, la jeune femme tomba gravement malade – tuberculose. Le torero avait peu d'argent, d'autant qu'il passait ses journées à sillonner la contrée à la recherche d'un adversaire digne de lui. Mais il avait des amis, qui réunirent une somme suffisante pour envoyer son épouse dans un pays de montagnes. Le torero demeura à Séville. Deux mois s'écoulèrent, les nouvelles de son épouse étaient rares, la guerre coupait les chemins. Un jour, un message lui parvint des environs de Grenade. Un éleveur avait entendu parler du torero, il pensait avoir l'animal qu'il cherchait.

Le torero entreprit aussitôt le voyage. Lorsqu'il arriva, un spectacle le saisit. Un taurillon tournait dans un enclos. Entièrement blanc. Sitôt que le torero approcha, émerveillé, l'animal à la couleur si rare fonça tête baissée vers la barrière qui les séparait et en défonça la moitié. Le torero avait trouvé son adversaire.

Il rentra chez lui, mit sa maison en vente pour financer l'achat de la bête, qu'il voulait combattre à l'âge adulte. Peu après, une lettre arriva, à demi déchirée. Elle datait de deux semaines, son épouse avait rendu l'âme, loin dans ses montagnes. Le torero la pleura longuement et se reprocha amèrement sa vanité, qui l'avait éloigné de la femme qu'il aimait plus que tout au monde, à part peut-être la *muleta*. Ses amis le consolèrent, le pressèrent de songer à l'avenir, de se préparer au combat de sa vie. Alors le torero patienta, quatre longues années. Il se remaria avec une fille du village qu'il avait connue autrefois. Le *novillo* grandit, devint *toro*. Tout Séville se réunit pour voir le taureau blanc combattre – on l'avait jusqu'alors tenu à l'écart de l'arène. Sitôt qu'il émergea du toril, sitôt qu'il vit son matador, l'animal fondit sur lui. Le torero fit quelques passes, jaugeant cet adversaire étrange qui s'arrêtait, interloqué, chaque fois qu'il l'évitait. Lors du deuxième *tercio*, le matador planta trois paires de banderilles dans le dos de la bête. Et le beau blanc, déjà éteint par la poussière, se couvrit de carmin. Sans cesse le taureau revenait, refusant de s'éloigner, de plus en plus proche, compliquant le travail des passes. Le torero n'avait pas travaillé quatre années en vain. Et lorsque l'animal épuisé avança, tête baissée, à la fin de la *faena*, le matador le laissa lui toucher la poitrine, sous les vivats de la foule. Puis il l'estoqua. Le taureau blanc tomba à genoux et même là, une dernière fois, poussa de son mufle les mollets du vainqueur, refusant la défaite. La foule en délire porta le torero à travers la ville. Le combat, légendaire, assura sa richesse et sa réputation. Il œuvra longtemps et se retira invaincu à l'âge de soixante-dix ans, entouré de sa femme, de ses enfants et de ses petits-enfants. Et lorsqu'il regardait sa vie, son seul regret était de ne pas s'être tenu près de la femme qu'il aimait plus que tout au monde – peut-être même plus que la *muleta*, commençait-il à penser – lorsqu'elle avait rendu l'âme sur une montagne lointaine.

Il avait quatre-vingts ans, il sentait son temps compté, lorsqu'un courrier arriva. C'était une lettre du fond des temps, raide, jaune, estampillée de 1940, qu'on avait retrouvée coincée derrière un meuble de tri lors de la réfection d'un bureau de poste de Madrid. Une lettre que lui avait écrite sa femme, depuis son sanatorium en Suisse, et qui disait ceci :

Il ne me reste plus beaucoup de forces, je sais maintenant que je vais partir. Ne sois pas triste. Hier soir, j'ai fait un rêve. Tu sais que ma grand-mère était un peu sorcière et que je crois à ces choses. Dans ce rêve, ma grand-mère, justement, me disait que je n'allais pas mourir, pas vraiment, que je vivrais désormais sous une autre forme : un taureau, mais un taureau différent des autres, tout blanc. Alors, si d'aventure nos chemins se recroisent, un jour, ne t'étonne pas de voir courir vers toi, mon amour, un grand taureau blanc.

– Alors ? demanda Rose.

Alors je l'embrassai.

– T'as mis la langue ?

Dès que je revins, mes amis devinèrent. À mes joues rouges et mon regard égaré, ils surent que quelque chose était arrivé. J'avouai tout. Comment j'avais courbé Rose dans mes bras, façon Rhett Butler, comment je l'avais ravie d'un long baiser. Déposée sur le canapé, parce qu'elle ne pouvait plus marcher, son souffle trop court, déjà usé, volé par mes ardeurs. Elle avait à peine eu la force de murmurer « Encore ». Pour la langue, ça ne les regardait pas. De toute façon, aux Confins, la vérité n'intéressait personne.

Tant mieux. En vérité, il se passa ceci.

– Alors ? demanda Rose.

Alors je l'embrassai.

Elle me repoussa brusquement, me gifla pour la seconde fois de la journée.

– Tu es malade ? Pour qui tu te prends ?

Puis elle m'embrassa à son tour, de toutes ses forces. C'est là que j'appris que les femmes étaient compliquées. Thérèse von Brunswick, Giulietta Guicciardi, Anna Margarete von Browne, Antonie Brentano – pas étonnant que Beethoven leur eût dédié ses œuvres, lui qui n'était pas simple non plus.

– Tu me trouves belle, Joseph ?

– Ben oui.

– « Ben oui. » Tu es quoi, un homme des cavernes ? On ne t'a jamais appris à parler à une femme ?

– Oui, je te trouve belle.

– Belle comment ?

– Comme *do* mineur.

Do mineur, la tonalité préférée de Beethoven. Une clé où la beauté rôdait sous la tempête. L'une n'existait pas sans l'autre. Rose me fixa en silence, interloquée.

– C'est ce que mon professeur de musique dit à sa femme. Qu'elle est belle comme *do* mineur.

– Et elle l'est ? Belle ?

Je songeai à Mina, à ses vêtements trop grands, ses bras enfouis jusqu'aux coudes dans une bassine pleine d'eau de vaisselle ou dans le cul d'une oie qu'elle venait de plumer, à cette reine décolorée par la vie, le vent, la lumière. Non, elle n'était pas belle, pas comme Rose l'entendait.

– Elle est magnifique.

Rose glissa dans mes bras. Je venais d'apprendre à parler à une femme.

Hiver 1970. Cinq samedis. Cinq soupirs pointés dans nos cacophonies. Sitôt que la gouvernante nous laissait, Rose et moi nous rapprochions sur le banc du piano, un peu nerveux, faisions semblant de jouer. Nos mains se frôlaient sur le clavier, détalaient comme des araignées effrayées, elle vers les aigus, moi vers les graves, se retrouvaient au milieu.

Le soir, aux Confins, je racontais tout aux autres. Je mentais à tour de bras, *latin lover*, héros vertigineux, je mentais sans mentir parce qu'au fond nos hésitations et nos maladresses importaient peu, le reste était vrai. Mes amis n'avaient pas besoin de savoir que c'était *elle* qui avait mis la langue la première, que j'avais sursauté comme un imbécile. Pas besoin de savoir que, quand j'avais posé une main sur son sein droit, elle m'avait giflé encore une fois avant de saisir ma main pour la remettre au même endroit. Mes camarades m'écoutaient, applaudissaient à mes exploits. Seul Danny ricanait dans son coin sans rien dire. Sauf une fois, pour demander ce que Rose portait. Les autres le dévisagèrent bizarrement, et on ne l'entendit plus.

À cause de Souzix, je fus à deux doigts de tout gâcher. Il voulut savoir si j'allais épouser Rose, je lui ris au nez. À ma visite suivante au manoir, après un baiser particulièrement réussi, je susurrai :

– Tu crois qu'on se mariera, un jour ?

– Certainement pas. Ne sois pas si bourgeois.

– Moi, *bourgeois* ? Je dors avec quarante types qui ronflent.

– La bourgeoisie, c'est dans la tête.

Mortellement vexé, je haussai les épaules d'un air détaché.

– Tu as raison. De toute façon, on se connaît à peine.

– Au contraire, Joseph. Nous savons tout l'un de l'autre depuis notre première rencontre, mais nous l'avons oublié. Nous passons notre temps à le redécouvrir.

Elle parlait comme Rothenberg. Je ne savais pas si je devais rire ou pleurer.

– Mais je ne me marierai jamais. Ni avec toi ni avec personne. Rien de personnel.

– Pourquoi ?

– C'est comme ça, c'est tout. On discute ou on s'embrasse ?

On s'embrassa. Beaucoup, en prenant garde de jouer quelques accords distraits de temps en temps. Ma bonne humeur gagnait l'orphelinat, contagieuse. On vit des gamins sourire, comme ça, sans raison, infectés par cette joie invisible qui flottait dans l'air. Même Grenouille se mit à siffloter pendant qu'il patrouillait devant les douches, accordant çà et là quelques regards appuyés, quelques commentaires sarcastiques ou admiratifs sur la façon dont la nature nous avait dotés, nous ravissant de variations argotiques sur le thème des pédés.

Un soir de mars, Sénac annonça au cours du dîner une grande surprise pour la fin de la semaine. La surprise fut la livraison d'un panneau de métal flambant neuf sur lequel était inscrit: *Direction départementale des Affaires sanitaires et sociales – Les Confins.* Il devait remplacer la flèche de bois vermoulu, clouée à un piquet et pointant vers le sol, qui indiquait simplement: *Orphelinat.* On parla de faire venir le député pour la pose du panneau, mais le député n'était pas disponible. On pensa au préfet, puis au recteur, puis au maire. Personne ne vint, et Grenouille finit par l'installer lui-même. Lui-même, c'est-à-dire qu'il surveilla en fumant les quatre orphelins, dont Edison et Souzix, élus pour creuser deux trous, gâcher deux cents kilos de béton que Grenouille trouva trop grumeleux, refaire deux cents autres kilos qu'il approuva en maugréant, et sceller le tout. Sénac réunit l'orphelinat autour, agita un goupillon d'eau bénite et contempla un long moment son panneau, l'œil mouillé d'émotion.

Tout ça, je m'en foutais. Chaque samedi, j'embrassais Rose. Quand nous ne nous embrassions pas, elle me faisait parler. Elle voulait tout savoir de moi, ce que j'avais vu, ressenti, elle m'interrogeait sans cesse sur l'accident d'avion de mes parents, comme si elle m'enviait. Je refusais de répondre. Le samedi suivant, elle insistait. Je lui devais le feu, l'or, les mystères alchimiques. Elle était exigeante. Mais elle payait bien, d'un battement de ses cils.

J'embrassais Rose, nous nous disions : « Tout ira bien », et dans ce futur, *ira*, tenait le seul avenir dont nous osions parler.

Rothenberg repéra le piano sitôt sorti de la salle, tel un aigle une souris. Un aigle myope et larmoyant, peut-être, mais un aigle tout de même. L'instrument était séparé du foyer par un cordon de velours, sur le point d'être installé, ou enlevé. Un panneau intimait au badaud curieux de ne pas y toucher.

Entracte. Mon maître m'avait emmené salle Pleyel écouter un jeune prodige dont j'ai oublié le nom. Le pianiste avait massacré sa sonate favorite, la n° 29, « Hammerklavier ». Mina nous accompagnait, dépassant tout juste d'un manteau de fausse fourrure. Pendant qu'elle allait lui chercher une bière, Rothenberg me tira par la manche, franchit le cordon et s'installa au piano. Il envoya valser le panneau.

– Je ne crois pas qu'on ait le droit, M. Rothenberg…

– Parce que ce type qu'on vient d'écouter, il a le droit ? Il joue comme un boxeur. Et pas Mohamed Ali, hein. Un *mauvais* boxeur. Un éléphant. Tu as entendu les premiers accords ? Il joue comme ça.

Il martela le piano, ce qui fit sursauter la moitié des spectateurs du bar, et se tourna vers moi.

– Mais, M. Rothenberg…

– Oui, M. Marty ?

– La sonate s'appelle « Hammerklavier ».

– Et alors ?

– Alors *Hammer* signifie « marteau ». Donc il faut jouer comme ça, non ?

Rothenberg se frappa le front.

– *Oy vey. Hammerklavier* veut dire « clavier à marteau », autrement dit « piano-forte » en italien. C'est une invitation à jouer sur un instrument à cordes frappées et non pincées. *Ne jouez pas ma musique sur un clavecin*, nous dit Ludwig, *mais sur un piano*. Ce n'est pas une invitation à tabasser l'instrument ! Tiens, voilà l'adagio, il te donne envie de tabasser quelqu'un ? Tu vois des marteaux, toi ?

Il joua, et le silence tomba sur moi, le silence tomba sur le bar, sur la rue du Faubourg-Saint-Honoré, sur la ville entière. Et probablement qu'on se tut sur Alpha du Centaure, si l'on avait une bouche. Il joua l'adagio entier, oublieux de Pleyel, avec une douceur syncopée. Il fit ce qu'il faisait rarement, il me parla en même temps.

– Tu veux jouer comme ça, un jour, mon petit Joe ?

– Oui, M. Rothenberg.

– Alors tu dois entendre, *bubele*. Entendre la voix de ton peuple.

– Je ne suis pas juif, M. Rothenberg.

Il éclata de rire.

– Bien sûr que non, tu n'es pas juif. Tu es bien trop bête pour être juif. Mais tu es humain, non ? Même si parfois je me pose la question.

Tous les spectateurs s'étaient rassemblés autour de lui. Du maquillage coulait. Des hommes qui, la semaine durant, avaient assassiné, crucifié, faisaient mine d'avoir une poussière dans l'œil.

– Penche-toi, *bubele*, chuchota le vieux léopard. Ne leur gâtons pas la musique en parlant trop fort. Voilà, comme ça. Je ne serai pas toujours là, tu sais.

– Oh, M. Rothenberg…

– Tais-toi. Quand je ne serai plus là, si tu ne sais pas comment prendre une sonate, écoute Kempff. C'est le plus grand. Même quand il se trompe, il a raison.

– Je ne comprends pas, M. Rothenberg.

– Parce que tu n'entends pas. Beethoven était complètement sourd quand il a écrit ce morceau. Mais il *entendait*. Ce que je joue, et je te joue l'un des plus beaux adagios de l'histoire – regarde leurs figures si tu ne me crois pas –, ce que je te joue, je ne le cherche pas en dedans. En dedans je suis vieux, malade, en dedans je suis vide, d'autres hommes y ont veillé, en dedans je suis sale. Pour jouer comme ça, tu devras prendre le goût du dehors. Là tu trouveras le rythme.

Les dernières notes sonnèrent longuement. Un silence étranglé. Quelqu'un cria bravo. Les applaudissements couvrirent la sonnerie qui rappelait les spectateurs à leurs sièges. Debout près de son mari, Mina rayonnait. Une émotion qui ressemblait presque à de la joie défroissa le visage de mon maître, oh, pas longtemps, juste une seconde. On réclama un bis qu'il leur donna, et un autre après ça. Le directeur de la salle demanda à

Rothenberg d'arrêter, sous les huées du public. On prit à partie le directeur, qui s'en retourna échevelé, son nœud papillon de travers.

Alors on fit ce que l'on fait lorsque, en ce bas monde, on voit la beauté rôder par une nuit un peu sombre. On appela la police.

Je vis tout de suite, ce samedi-là, deux semaines avant Pâques, que quelque chose n'allait pas. Rose m'attendait au piano, tendue, dans une robe verte. Dior ne se portait bien, disait maman, qu'avec nonchalance, et je lui en fis la remarque.

– C'est pas Dior, répondit-elle sèchement. C'est Balenciaga.

Elle paraissait fâchée, je n'avais pourtant rien fait. Je n'avais pas encore acquis cette sagesse des hommes mûrs, qui savent qu'en matière de susceptibilité, il en va des femmes comme de l'Église. Que l'on a forcément péché, en-pensée-en-parole-par-action-et-par-omission, et qu'il faut savoir demander pardon même si l'on n'a rien fait, puisqu'il ne sert à rien de s'opposer à un décret divin. Ses mains fuyaient les miennes sur le clavier. Quand je me penchai vers elle, les lèvres en cul de poule, elle recula.

– On n'aurait pas dû, Joseph.

– Hein ?

– Où ça va, tout ça ? Nulle part, et tu le sais aussi bien que moi.

– Oui. Je comprends.

– Tu comprends ? Tu n'es pas en colère ? Je te dis que c'est fini et tu *comprends* ?

– Une fille comme toi, tellement belle, avec quelqu'un comme moi, tellement… Je comprends.

Elle prit enfin pitié de moi, de mon éternel air de chien battu, posa une main sur ma joue.

– Pardon. J'espérais qu'on se fâcherait. Que ce serait plus facile. Mon père a appelé hier. On rentre à Paris.

– Tu ne me trouves pas laid, alors ?

– Bien sûr que non. Je te trouve beau, encore plus quand tu joues. Même si tu n'as jamais rejoué comme la première fois.

– Je le referai. Je te jure. Une fois que j'aurai compris comment j'ai fait.

– Tu as entendu ce que j'ai dit ? Je rentre à Paris la semaine prochaine. C'est fini. On ne se reverra pas.

Pour la première fois depuis le 2 mai 1969 à 18 h 14, tout me parut clair.

– C'est pas fini.

– Comment ça ?

– Tu habites où, à Paris ?

– Rue de Passy, pourquoi ?

– Je vais m'enfuir. Quitter Les Confins. Je te retrouverai.

– Ne sois pas ridicule. Tu ne vas pas t'enfuir.

– C'est ce qu'on va voir.

Je sortis, presque en courant. Rose me rattrapa dans le couloir, devant l'herbier qui n'en finissait pas de faner dans ses cadres obscurs.

– Tu vas *vraiment* t'enfuir ?

– Oui.

– Je pars avec toi, alors.

Je la dévisageai, abasourdi, avec ses robes précieuses et ses airs de porcelaine.

– Je sais ce que tu penses, Joseph. Tu te trompes. Ça fait longtemps que je songe à partir. Tu t'imagines que je veux devenir comme ma mère ?

– Je sais pas, je la connais pas…

– Il n'y a rien à connaître. Elle n'existe pas. C'est une bonne petite épouse. Pourquoi tu crois que mon père passe ses semaines à Paris ? Pour ses *amies*. Pourquoi tu crois que j'apprends le piano ? Pour en devenir une moi aussi, un jour, de bonne petite épouse, qui ne fait jamais de vagues et sait recevoir les clients, les collègues, les financiers. Le genre d'épouse qui tient un petit cahier dans lequel elle note ses menus pour ne pas risquer de servir deux fois le même plat au même invité. C'est pour ça qu'on me cache ici, en attendant ma guérison totale. Une ex-tuberculeuse, c'est impensable sur le marché de la bonne épouse. Tu penses que c'est ça, la vie dont je rêve ?

– Tu rêves de quoi ?

Voyager. Elle voulait voir des palais incas sous la pluie, mâcher des champignons amers qui faisaient devenir aigle, loup, belette, mordre à pleines dents dans des citrons givrés un matin de Sicile, faire la grimace, tout recracher, s'embraser les poumons d'un air de banquise, offrir sa gorge pâle à la gueule des volcans. Elle avait entendu dire que quand certains hommes chantaient, deux voix sortaient d'une même bouche. Elle voulait devenir diplomate, au cas où les

Viets que Grenouille grenadait, mitraillait, lance-flammait dans ses chansons auraient, par hasard, leur mot à dire. Elle pensait qu'il était plus sage de s'entendre, de s'arranger, *gratte-moi le dos, un peu plus haut à gauche, et je gratterai le tien*, que tout le monde serait content quand plus rien ne démangerait. Elle affirmait que ceux qui brandissaient un drapeau et le croyaient unique brandissaient tous le même. Elle disait tout cela, et je brûlai de la croire, même si on n'avait jamais vu une femme diplomate.

– Je pars avec toi, Joseph. Et juste pour que ce soit clair : je ne te demande pas la permission.

– C'est trop risqué.

– Ça fait longtemps que j'y pense, je te dis. J'ai un plan.

Elle apprenait à conduire depuis plusieurs mois, en douce. Elle avait convaincu le nouveau jardinier de lui montrer, quand ses parents n'étaient pas là. Et ils n'étaient pas souvent là, à cause des *amies* de son père et des *bonnes œuvres* de sa mère. Le jardinier s'était pris d'affection – ou peut-être un peu plus – pour la « jeune demoiselle qui avait l'air de s'ennuyer », la fille aux yeux d'estompe. Rose était bonne élève, elle avait juste encore un peu de mal à passer la seconde, qui accrochait. Le plan était simple : elle partirait vers minuit, quand sa mère dormirait, abrutie de Valium. Après m'être échappé, je n'aurais qu'à la rejoindre. Elle m'attendrait dans le grand virage, à environ une demi-heure de marche des Confins. Au petit jour, nous serions loin.

– Loin où ça ?

– En Espagne.

– On nous arrêtera à la frontière.

Rose se mit à rire.

– La frontière, c'est pour les imbéciles. Ma mère est du coin, on y a passé toutes nos vacances. Je connais une route. J'ai tout vérifié sur une carte.

– Qu'est-ce qu'on fera en Espagne ?

– On travaillera, le temps d'être majeurs. Je prendrai de l'argent dans le portefeuille de maman en partant, mais on aura besoin de gagner notre vie. Après, j'irai à l'université, là-bas, et je deviendrai diplomate. Toi, tu joueras du piano. D'abord dans les bars, et un jour un impresario te repérera, et tu deviendras une célébrité mondiale.

– Tu parles espagnol ?

– Pas un mot. On apprendra. Un diplomate, ça doit parler plusieurs langues de toute façon.

– On n'y arrivera jamais. Tu rêves.

– Oui, Joseph. Je rêve. J'ai seize ans.

– C'est improbable, ton plan.

– C'est improbable, qu'un avion s'écrase.

Je crus qu'elle allait me demander pardon. Mais Rose ne demandait pas pardon. Elle se tourna vers le mur, chercha un tableau dans les ténèbres. Ses doigts trouvèrent une fleur éclatante, un tourbillon d'ivoire et d'or sur une corolle de feu.

– Le *Selenicereus*. Ma fleur préférée. Nous sommes comme elle, toi et moi. Nous fleurissons dans le noir.

Elle avait raison : j'aurais dû entendre sa respiration. Une respiration d'orphelin, creusée, un souffle pénombral qui, faute d'espace pour se déployer, consumait celle qu'il devait faire vivre. Elle était des nôtres. M'évader, l'évader, nous évader. Parler de Rose et dire *nous*.

– On pourrait aller à Vegas, un jour… Je connais peut-être quelqu'un, là-bas.

– Si tu veux. Mais comment tu peux connaître *peut-être* quelqu'un ?

– C'est compliqué. Je partirai demain soir, après la réunion de la Vigie. Il faut que je leur dise.

– Non, demain soir mon père sera là. Lundi. Une dernière chose…

– Oui ?

– Je ne serai jamais une bonne petite épouse. Je ne pars pas pour toi. Je pars *avec* toi.

Elle m'accompagna jusqu'à la porte, dans l'obscurité, je tressaillis lorsqu'elle me prit la main. Une pluie noire criblait la terre, hachait les feuilles et les bourgeons les plus téméraires, surgis en une grande effusion à l'annonce du printemps. Rose retint mes doigts sur le seuil, juste une seconde.

– Regarde, il pleut. Tu crois que c'est ta faute, Joseph ?

– Ma faute ? Non, c'est ridicule.

– Tu n'es pas la raison de la pluie, alors.

– Bien sûr que non.

– Si tu n'es pas la raison de la pluie, tu n'es pas non plus celle des avions qui tombent.

Ils voulurent tous m'en empêcher. J'étais fou. J'allais mourir. Même Momo paraissait triste. Jusqu'à ce que Danny, assis à sa place habituelle contre le muret, se décidât à parler.

– S'il a cnvic dc partir, laissez le tranquille. Au moins un qui a des couilles.

– J'ai des couilles ! protesta Souzix.

– Avec des poils dessus, précisa Danny.

Souzix se tut. Danny se leva, suivit du doigt le chemin de la descente de pluie en me désignant ses points faibles.

– Tu dois passer de la façade nord à la façade est pour atteindre l'endroit d'où tu pourras sauter par-dessus la clôture. Il n'y a qu'à suivre le tracé de la gouttière. Mais attention : là-bas, à l'endroit où elle tourne le coin du bâtiment, c'est le plus dangereux. Il lui manque une attache. Elle craquera si tu mets ton poids dessus. Et tu es obligé de mettre ton poids dessus pour passer l'angle.

– Comment t'as fait ?

– Je me rappelle pas.

– Tu vas vraiment partir ? demanda Souzix. Tu sais, c'est pas si mal ici.

Il se retenait de pleurer. Il serrait les dents si fort, pour empêcher ses lèvres de trembler, que le reste de son corps dansait la tarentelle. Marie-Ange nous parla un brin, mais ce soir, nous n'entendions que d'interminables silences entre les mots. Même elle paraissait lasse, épuisée par ses heures de direct en pleine nuit, à soutenir d'une seule voix tous les boiteux de la Terre. On éteignit le poste, on flâna entre Vegas et Voie lactée, on fit tarder le plus possible. La nuit se condensait, gelait autour de nous. Il fallut bien rentrer.

– Je vous écrirai.

– Ne fais pas de promesse que tu tiendras pas, répliqua Fouine.

Il me tendit la main.
– Nous oublie pas, ce sera déjà bien.

Il neigea fort, ce lundi, un retour de l'hiver qui promettait de compliquer ma tâche. L'orphelinat dormait d'un seul souffle. Une brise froide courait sur les corps, tombant d'un fenestron que Grenouille avait laissé ouvert, « et le premier qui le ferme aura affaire à moi ». Fouine, emmitouflé sous son lit, me fit un clin d'œil et murmura « bonne chance ».

Je n'avais pas de gants. Le métal brûlant, la nuit coupante, tout n'était que douleur. Mon souffle se pétrifiait en nuages bleus qui restaient là, suspendus devant moi, sidérés eux aussi par le froid. La vieille bâtisse craquait, le reste également : la montagne alentour sous la pression de la glace, la gouttière. La gouttière surtout, qui protesta de tout son zinc quand je m'y accrochai. Le bâtiment comptait quatre étages. Il me fallut dix minutes pour descendre les quelques mètres me séparant du troisième, la tête flottant dans les boules de coton que j'exhalais de plus en plus vite, les poumons en feu, les muscles tétanisés par l'effort. Mon manteau de laine s'empêtrait dans mes jambes. Je fis une pause devant une fenêtre aux volets ouverts, une pièce que je ne connaissais pas. La lune éclairait un cimetière de jouets, peluches aux noms oubliés, trains dont les roues de bois ne les emmèneraient plus nulle part, sans doute confisqués à l'arrivée des pensionnaires. Momo avait eu de la chance de garder Asinus. Un ours à l'oreille arrachée me jeta un regard suppliant. Je poursuivis ma descente, *chacun pour soi.*

Mi-chemin. Sous mes pieds, une corniche large d'une main, par endroits vernissée de glace fraîche. En dessous, dix mètres de vide, puis les piquets de la clôture rouillée qui longeait le bâtiment. Derrière ce grillage, le cul-de-sac, la roche qui montait à cent mètres.

Calme-toi, mon garçon. Tu consommes trop d'oxygène.

Vous êtes là, Michael Collins ? Je sais qu'entre hommes on ne dit pas ces choses-là, mais ça me fait rudement plaisir. Si je ne vous ai pas beaucoup parlé ces derniers temps, c'est que je m'étais fait des amis. Pardon. Ils m'auraient pris pour un fou. Ils me prennent déjà pour un fou.

Qu'est-ce que tu croyais, que j'allais t'abandonner ? Au moment où tu vas rejoindre la Terre ? Keep your eyes on the prize, son. *Ne perds pas de vue ton objectif. Un astronaute ne panique jamais. Il analyse un problème et le résout.*

Collé au mur, à la pierre polie par des années de tempête, j'approchai de l'angle. La gouttière flottait, son amarre rompue juste à cet endroit. Danny avait raison : impossible de compter sur elle pour franchir le coin du bâtiment. Un souffle de velours me caressa la joue, et je faillis lâcher prise. Un grand-duc s'éloigna, imperturbable, m'ayant peut-être pris, en me trouvant si haut, dans son domaine à lui, pour un compatriote. *Analyser le problème.* Danny était bien passé, lui. Le vent se leva, griffa le crépi. En me penchant, je découvris enfin les deux trous dans le mur, à moitié remplis de neige, sur la façade est. Je pouvais y glisser le pouce et l'index de la main gauche, assez profondément. Et m'assurant sur ces deux doigts seulement, franchir l'angle.

La main gauche, bien sûr. Celle du rythme, celle sur laquelle tout repose, comme dans la *Sonate n° 15,* que Rothenberg aimait tellement. C'était un geste de musicien, un acte de création.

Le pouce, l'index. Abandonner son corps. Deux doigts contre le vide. Mes jambes tremblaient. Deux doigts contre la chute. Mon pied gauche passa la gouttière, se posa sur la corniche de la façade est. Deux doigts contre la nuque brisée ou pire, l'empalement sur la clôture. J'étais pile sur l'angle du bâtiment, un pied de chaque côté, et Les Confins poussaient sur ma poitrine de cette arête froide, comme pour m'ouvrir en deux. C'était le moment. Je lâchai tout, sauf les deux doigts, et me réassemblai du bon côté de la gouttière. J'étais passé.

Alors je vis Grenouille. Juste sous mes pieds, cinq mètres plus bas. Il fumait en fredonnant – il ne m'avait pas remarqué. Mon pied droit glissa. Je le laissai filer, ancré à la façade par mes deux doigts et mon pied gauche. Un petit tas de neige fraîche se détacha de la corniche, tomba vers Grenouille en virevoltant, se délita miraculeusement dans une bourrasque avant d'atteindre sa tête. Le surveillant écrasa sa cigarette, expulsa un crachat jaune et s'éloigna, mains dans les poches.

Mon pied retrouva la corniche, lourd comme une pièce de bois. Sur cette façade, la colonne de zinc était plus fermement amarrée. Je me forçai à compter jusqu'à cent, imaginant Grenouille remontant à sa chambre – il devait y être maintenant – et encore jusqu'à cent au cas où il s'était arrêté en chemin. Je repris ma progression, le plus silencieusement possible. Arrivé au point où la clôture frôlait l'orphelinat, je poussai de toutes mes forces contre le mur. J'atterris trois mètres plus bas dans une congère, sonné. Libre. Quelque part dans le noir d'encre, le grand-duc secoua ses gros sourcils, se demandant comment on pouvait voler si mal.

Bravo, mon garçon. Mission accomplie. Il est temps de rentrer, maintenant. Si un jour tu passes par Houston, si un jour tu te sens seul, et ça t'arrivera, sonne à la porte. Mon épouse et moi serons heureux de t'accueillir. Nous parlerons du bon vieux temps, jusque tard dans la nuit. Nous parlerons entre vieux compagnons de Lune, juste tous les deux, parce que personne d'autre n'aura vu ce que nous avons vu.

Je regardai une dernière fois Les Confins, le temps de reprendre mon souffle. À une demi-heure de marche, Rose m'attendait dans le grand virage. La cour éteinte, tout dormait. Je me mis à courir. D'abord, traverser le bois sur trois ou quatre cents mètres, dans un noir presque absolu, avant d'atteindre la route qui descendait vers le village. Je connaissais le chemin par cœur. Là, le grand hêtre penché. Puis le panneau *Les Confins*, fièrement campé sur ses pieds de béton sans grumeaux. Encore une centaine de mètres sur le chemin de terre et ce serait le goudron, la liberté. Il y aurait du verglas. Je ralentis l'allure.

La route apparut. La route et une voiture garée à l'intersection, en plein milieu du chemin, tapie dans la nuit. Les phares m'aveuglèrent. L'abbé m'attendait au volant, le visage rond confit par le froid, entre moi et ma liberté. Je bifurquai sans réfléchir, replongeai dans la forêt pour sortir du faisceau de lumière. Un bruissement me suivit, une reptation rapide, une masse de prédateur qui faisait taire les plus petits. Derrière moi, puis sur les côtés. Bifurquer encore, imprévisible. Je sautai un tronc abattu, dévalai une pente, tombai, m'ouvrit le genou sur une pierre, me redressai dans ma course. Un ruisseau. Suivre le cours d'eau, pour égarer les chiens. Mais il n'y avait pas de chiens. Traverser, alors, les joues griffées, les vêtements accrochés par les branches. Les arbres me retenaient, jaloux de ma liberté, eux qui ne quitteraient jamais cette vallée noire. Grenouille surgit de derrière un pin, en plein devant moi, flambant de vie et de joie. Il était là chez lui. Mi-homme, mi-bête, d'une beauté rare que l'Indochine n'avait pas su reconnaître. Je lui avais échappé à Cao Bang. Je lui avais échappé à Diên Biên Phu. Il me tenait enfin.

Me précipiter dans ses bras, pris du soulagement lâche de la proie, du bonheur d'être étreint. Puis m'affaisser pour ne pas lui faciliter la tâche, un tas de vêtements vides qui pesait une tonne – la technique de Souzix. Grenouille me traîna vers la route sans effort, ravi de s'être joué si facilement de moi, m'assénant quelques coups de pied au passage.

J'avais mal, mais pas là où il frappait. Mal loin de ses coups, mal tout au fond. Je pensais à Rose qui m'attendait, fouillant la nuit dans son rétroviseur, et j'avais mal de ça. Mais plus loin encore, plus profondément, une douleur blanche m'aiguillait le ventre.

Je n'avais parlé à personne de mon départ, sauf à mes amis.

Il y avait un traître dans la Vigie.

Je sais que vous ne répondrez plus. Je suis trop loin, maintenant. J'enregistre ce message et le confie au hasard, aux vents stellaires, pour que vous sachiez ce qui n'a pas fonctionné. Vous avez eu tort de me faire confiance. J'ai raté la manœuvre finale, la plus importante, le rendez-vous. Je m'enfonce dans le grand indigo, tournoyant sans destination sous le regard patient de naines blanches, de géantes rouges ou bleues. Ma visière constellée, la soie des comètes entre mes mains gantées, je valse seul sur des parquets d'étoiles. Rien ne résonne, ici, que souffle et battements de cœur. Si quelqu'un trouve mon scaphandre vide, un jour d'avenir, à l'envers d'une nova, il ne soupçonnera pas que ce voyage fou a été pour une fille. Mais vous, Michael Collins, je veux que vous le sachiez.

La porte de l'Oubli se referma sur moi le 16 mars 1970. Grenouille m'avait rasé la tête. L'abbé m'avait forcé à faire la *marche du pénitent,* une haie d'honneur inverse à celle qui avait accueilli Danny à sa sortie. Je dus serrer la main de chacun, même des plus petits, en leur demandant pardon. Tous me fixaient curieusement, sauf ceux de la Vigie, qui baissaient les yeux. Quand Danny prit ma main, il m'attira dans une étreinte brutale, sa lèvre collée à mon oreille.

– Bienvenue dans la Vigie.

Momo refusa de me lâcher. Il ne comprenait pas ce que j'allais faire là-dedans. Je voulus me dégager, je lui soufflai que tout irait bien, il secouait la tête de plus en plus fort en gémissant. Grenouille lui asséna une gigantesque gifle qui envoya voler Asinus. Momo prit ses jambes à son cou et courut se cacher où il pensait que personne ne le trouverait, au fond de lui-même, dans un terrier de tétanie, de bave, de doigts crispés sur du vide.

Grenouille l'évacua aussitôt. On n'allait pas laisser une autruche épileptique gâcher la solennité du moment.

Avant de refermer le battant, l'abbé murmura :

– Psaume 68:7, Joseph : « les rebelles seuls habitent les lieux arides ».

Et le noir me prit.

Rose avait raison. Je n'étais pas responsable de la mort de mes parents. Je croyais avoir survécu à l'accident alors que j'en étais la principale victime. L'explosion m'avait soufflé, transformé en projectile humain qui filait de plus en plus loin dans l'espace. Le seul moyen de revenir sur Terre serait de ricocher sur quelque chose de dur.

L'abbé venait, au cœur de la nuit – en tout cas je crois, car tout était nuit –, me lire un passage des Saintes Écritures. Toujours à travers la porte. Je ne voyais que Grenouille, qui m'apportait deux repas par jour et me faisait sortir une fois pour m'emmener aux toilettes, une vieille cuvette de faïence installée dans l'une des alcôves latérales. Il fallait faire la porte ouverte, sous sa surveillance. Il n'avait pas le bon goût de tourner le dos et me regardait droit dans les yeux. Je fus constipé une semaine. Au bout d'une semaine, droit dans les yeux ou pas, tout sortit. Je ne savais pas encore que ce traitement était un luxe.

Sénac était au courant de tout, le plan tel que je l'avais raconté à la Vigie. Rose avait été retrouvée sur le bord de la route. Elle avait essayé de s'enfuir quand même, avait fini sans dégâts dans le fossé cinquante mètres plus loin – cette fichue seconde qu'elle n'arrivait jamais à passer. Les gendarmes l'avaient ramenée chez elle, son père était rentré en urgence de Paris. On en parlait jusqu'à Lourdes.

– Pour nous éviter un certain embarras, j'ai fait savoir à la famille de Rose qu'en revenant de votre dernière leçon de piano, tu étais venu me trouver pour te confesser. Que tu m'avais confié votre projet de fuite, parce que tu le regrettais déjà, et que tu avais requis mon secours spirituel.

Rose pensait que je l'avais abandonnée.

Elle avait dû me maudire, à s'en essouffler. C'est peut-être la chose que j'ai le plus de mal à pardonner à Sénac, aujourd'hui. Le noir continua, le silence, la solitude d'Adam, celle de Michael Collins tandis qu'il survolait la face cachée de la

Lune. Je demandai pardon à l'abbé, plusieurs fois, abjectement, pour ce que j'avais fait.

– Et qu'est-ce que tu as fait ? répliquait-il à travers la porte.

– Je me suis enfui. J'ai désobéi.

– Ce n'est pas ton plus grand péché.

Des péchés, j'en inventai à tour de bras, en bon catholique. J'eus beau me battre, confesser des crimes imaginaires pour le plaisir d'être pardonné, comme on lave sa voiture le dimanche, aux gros rouleaux bleus, avant de repartir pour la semaine sur des chemins de boue, rien ne contentait Sénac. Je dormais par rafales, je répétai des partitions, je répétai des répétitions. Je fis des exercices physiques, et y renonçai. Je n'ai pas peur de dire que j'ai haï. J'ai haï Sénac, plus encore que Grenouille.

Le traître m'obsédait. Qui avait parlé ? Les plus évidents ? Danny, pour me tester, Sinatra, qui ne m'aimait pas plus que ça ? Fouine, dont les intérêts primaient tout ? Ma grand-mère m'avait fait lire Agatha Christie. « Si tu ne dois lire qu'une chose, lis Agatha », conseillait-elle, avec ce chauvinisme échevelé, hallucinatoire des Anglais. Dans Agatha Christie, le coupable était toujours le plus insoupçonnable. Souzix, parce qu'il était faible ? Edison, parce qu'on lui avait promis tous les livres de mathématiques, de physique, de chimie dont il rêvait ? *Non, non,* tempêtait Poirot, *vous ne voyez pas l'évidence : la plus insoupçonnable, c'est Rose elle-même !*

Je devenais fou, goutte à goutte, ces perles de raison qui s'épanchaient de moi par mes pores, mes oreilles, mes yeux. Mes yeux surtout.

Une nuit, l'abbé annonça :

– J'ai ouvert la valise avec laquelle tu es arrivé.

Je m'en foutais, qu'il l'ouvre. Je me tournai contre le mur, blotti dans une couverture sur mon sommier rouillé. J'aurais donné toutes mes valises pour parler à Rose juste une minute, pour lui souffler que je ne l'avais pas trahie, que je ne l'avais jamais vraiment détestée, ou alors d'une étrange façon qui me faisait chaud, que je voulais l'embrasser depuis longtemps, depuis le premier feu, depuis les bisons dansants sur des tableaux de pierre. Cette valise avait été préparée par notre voisine avant mon départ pour la Lune. Mme Desmaret avait dû y fourrer ce qu'elle avait trouvé dans ma chambre. Je ne m'en étais presque pas servi, car on me donnait toujours des vêtements là où j'allais. Je n'en avais tiré que quelques pulls et mes affaires de toilette.

– Au fond de ta valise, j'ai trouvé un disque.

J'ouvris les yeux. L'abbé manipulait quelque chose – il chaussait ses lunettes de lecture. Je collai mon oreille à la porte.

– *Sympathy for the Devil*, des Rolling... Rolling Stones.

Je ne comprenais pas. Ce disque, je ne l'avais pas. Le seul que je connaissais appartenait à Henri Fournier. L'avait-il confié à Mme Desmaret en lui demandant de me le donner ? Un dernier geste, un cadeau d'un autre monde, pour me dire que, s'il ne pouvait plus me voir, j'avais quand même compté ? Un peu de ma raison jaillit encore de mes yeux.

– Je vois que tu aimes le « rock », c'est bien comme ça que ça s'appelle ?

– Oui. Mais techniquement, cette chanson, c'est un rythme de samba.

– De samba. Et tu as de la sympathie pour le diable, Joseph ? C'est ça ?

– De la compassion, je corrigeai automatiquement.

– Pardon ?

– *Sympathy*, en anglais, c'est « compassion ». Ça peut être sympathie, mais là, je crois que c'est compassion.

– Ça ne change pas grand-chose.

– Ça change beaucoup de choses. Je n'ai pas de sympathie pour le diable, mais j'ai de la compassion pour lui.

– Pourquoi donc ?

– Parce que si ça se trouve, le diable n'a rien demandé. Si ça se trouve il n'est pas né diable, c'était un bébé rose comme les autres. Peut-être qu'il a perdu ses parents, qu'on l'a envoyé dans un orphelinat, et que c'est là qu'il est devenu le diable.

Il y eut un long silence, à peine chargé du grésillement des ampoules du couloir. Le filet de lumière, sous le battant, disparut. Des gonds grincèrent au loin. La plus grande satisfaction de ma vie, c'est peut-être d'avoir frappé Sénac à travers une porte fermée à double tour, sur un air de samba.

Le lendemain, il n'y eut pas de petit déjeuner. Je n'eus plus jamais de petit déjeuner à l'Oubli, et dus me contenter d'un repas par jour. Je n'eus plus le droit de sortir pour me rendre aux W.-C.

Grenouille me donna un seau à la place, qu'une sœur venait vider quotidiennement. Sénac ne me rendit plus visite.

Un matin, que je reconnus à un vague grisaillement du noir, je demandai à la sœur depuis combien de temps j'étais là. Elle dut me prendre en pitié car elle regarda craintivement autour d'elle avant de murmurer : « Trois semaines. »

Trois semaines. Trois semaines seulement dans cette éternité, trois semaines traversées par les éclats jaunes de la lumière du couloir. La porte se referma sur mes tourbillonnements, mon voyage indigo et mes dérives astrales.

Deux ou trois jours s'étaient écoulés, selon mes calculs, quand je posai la même question à la même sœur, qui regarda de nouveau autour d'elle et souffla : « Cinq semaines. » L'abbé revint par une nuit plus dense encore que les autres, une nuit de veine de lignite.

– Je sais ce que tu ressens, Joseph. Je sais que tu me détestes, comme j'ai détesté mes maîtres. Mais c'est grâce à eux que je suis là aujourd'hui.

– Vous êtes orphelin, vous aussi, n'est-ce pas, monsieur l'abbé ?

Je l'avais compris quelque part entre Jupiter et

Saturne, lancé vers les frontières de notre galaxie. Il m'avait fallu du temps. J'avais vu le signe, pourtant, celui qui ne trompe jamais. Ses mains qui tremblaient.

– Je te l'ai déjà dit : il n'y a pas d'orphelins, puisque nous avons un Père. Et ce Père m'a confié une mission : t'éduquer. Le monde qui t'attend dehors est dur, régi par des normes. À chacun la place que le Seigneur lui a assignée. Si nous refusons cette place, qu'adviendra-t-il ? Que diras-tu si ton épouse, un jour, te désobéit ? Tes enfants ? Tu séviras, toi aussi. Écoute ce que nous dit Samuel : « Si vous n'obéissez pas à la voix de l'Éternel, la main de l'Éternel sera contre vous, comme elle a été contre vos pères. » Ne force pas Dieu à te punir comme il a puni tes parents, Joseph. Pense à l'avenir.

Non, monsieur l'abbé, l'avenir, je l'ai vu. C'est un monde meilleur, de voitures volantes et d'aiguillages célestes, d'hommes qui se transforment en animaux, peut-être même en femmes, de citrons givrés et de volcans cléments, un monde de drapeaux en berne, parce que grâce à Rose les drapeaux ne voudront plus rien dire. Un monde où les parents ne meurent pas, pas si tôt. L'avenir, je l'ai vu, et ce n'est pas celui que vous m'offrez.

– Joseph, tu m'écoutes ?

– Le Christ n'était pas dans la norme, lui.

– Non, le Christ n'était pas dans la norme. Mais il était le Christ. Et sa venue avait été annoncée par des prophètes. Personne n'a annoncé ta venue, Joseph.

– Mais si Dieu nous a fait à son image, nous *sommes* le Christ, chacun d'entre nous.

– Habile sophisme, qui t'est dicté par le diable, que tu connais si bien. Utilise ton intelligence à meilleur escient, au service de la foi. Tu t'en porteras mieux.

La porte claqua en haut des escaliers, la lumière s'éteignit. Je la retins de toute ma rétine, en halos jaunes qui finirent eux aussi par rétrécir jusqu'à devenir points, jusqu'à n'être plus rien. Je me rendis sans lutter à la solitude, au silence pénétrant des cadrans arrêtés.

Eli, Eli, lama sabachthani ?

Un soir, juste avant de me quitter, comme un détail qui lui revenait tout juste, l'abbé murmura, presque inaudible à travers le battant :

– Ton professeur de musique, celui dont tu m'as parlé…

– M. Rothenberg ?

– C'est ça. Il est mort.

Mon premier réflexe fut de rire. Bien sûr que non, mon vieux maître n'était pas mort. Il avait encore trop de choses à m'expliquer. Comme ce qu'il voulait dire quand il affirmait :

– Ne confonds pas rythme et tempo, tête de mule. Le rythme n'est pas une structure horizontale mais verticale. C'est une rosée qui monte de la terre, ce qui reste d'une cloche quand elle cesse de sonner, c'est clair ?

– Non, M. Rothenberg.

– Le rythme, tous les peintres italiens l'ont trouvé, ainsi qu'une poignée d'autres dont le nom commence presque toujours par Van – Gogh, Eyck, Rijn, der Weyden –, ils l'ont trouvé et l'ont caché dans leurs tableaux. C'est clair, cette fois ?

Moi aussi, j'avais des choses à lui dire. Qu'enfin je comprenais pourquoi il prononçait le mot *chance* d'un air si lugubre, quand son regard se voilait et qu'il murmurait : « J'ai eu de la chance. » C'était la même chance qui m'avait fait rester chez moi au lieu de monter dans l'avion. Lui dire que j'avais rencontré une fille, une reine du midi. Que je voulais, comme lui et Mina, me friper avec elle.

– L'élégance des Tchèques, la folie des Russes, l'humour des Italiens, le tragique des Allemands, l'arrogance des Français, voilà ce qu'il te faudra pour espérer devenir, mon garçon, un pianiste acceptable.

– Et les Anglais, M. Rothenberg ?

– Les Anglais ? S'ils t'applaudissent, tu sauras que tu es un pianiste acceptable.

Rothenberg n'était pas mort. Il fallait qu'il reste en vie pour m'appeler crétin, idiot, imbécile, car personne ne le faisait aussi bien que lui.

– Non, monsieur l'abbé. Il doit y avoir une erreur.

– Il n'y a pas d'erreur. Il est mort.

C'était arrivé brutalement. Rothenberg s'était levé en pleine nuit, avait tout allumé dans le petit appartement et, quand son épouse s'en était étonnée, il avait expliqué : « J'ai rêvé d'une mélodie extraordinaire. » Il s'était assis à son piano et avait joué, en sourdine, pendant que sa femme se rendormait. C'était là qu'elle l'avait trouvé le lendemain, un sourire aux lèvres, les mains sur le clavier. Ses belles mains ridées encore pleines de claques derrière la tête qu'il ne distribuerait pas.

Wilhelmina Rothenberg avait téléphoné aux Confins pour me communiquer la nouvelle. Elle avait offert de me rapatrier en urgence, à ses frais, pour l'enterrement de mon vieux maître. Sénac avait répondu que tout déplacement m'était malheureusement interdit, car j'étais alité.

– Laissez-moi y aller, monsieur l'abbé. Je vous jure que je reviendrai. Que je ne dirai rien.

– Que tu ne diras rien ? Sur quoi ?

– Sur rien, monsieur l'abbé.

– C'est trop tard, c'était il y a deux semaines. Tu devrais m'être reconnaissant d'avoir caché les véritables raisons de ton empêchement. Et puis, ces gens-là ont des manies bizarres. Ils enterrent leurs morts tellement vite que je ne sais pas si tu serais arrivé à temps.

– Ces gens-là ?

– Ma foi, les Juifs.

– Alors, vous aussi.

– Comment ça, moi aussi ?

– Si j'étais juif, ce serait mal ?

– Tu ne l'es pas, pour autant que je sache.

– Non.

– Alors tout va bien. Tout va très bien. Bonne nuit, Joseph.

Ma plus longue conversation avec Sénac.

– Je ne comprends pas, monsieur l'abbé.

– Qu'est-ce que tu ne comprends pas, Joseph ?

– Pourquoi vous faites ça.

– Et que t'ai-je fait ?

– Vous protégez Grenouille, pour commencer.

– M. Marthod… Je suis le premier à reconnaître que c'est un homme difficile. Mais il faut le comprendre. Il a vu des choses qui en auraient brisé de plus durs. Ses camarades tomber au fil de fleuves empoisonnés. Pourquoi crois-tu qu'il loge au dernier étage, où l'on ne peut pas l'entendre ? Est-ce toi, Joseph, qui te lèves la nuit lorsqu'il crie ? Pour rafraîchir son front, purger les venins âpres qui infectent son sommeil ? Alors, oui, je le protège. Je vous protège tous. Mais oublions un instant M. Marthod. Que t'ai-je fait, *moi* ?

– Vous m'avez enfermé !

– Tu n'es pas enfermé, Joseph.

– Alors je peux sortir ?

– Bien sûr que tu peux sortir. Tu as la clé. Cette clé s'appelle humilité.

– Vous êtes un monstre. Sans amour. Sans tendresse.

– Je me rappelle à peine mon propre père, mais je me rappelle un homme dur, un musicien capable de jouer la plus suave des musiques après avoir frappé ma mère, mes frères, mes sœurs. Alors tu me pardonneras de ne pas y croire, à ta tendresse, et accessoirement de ne pas supporter le son du piano. Tu penses que je ne vous offre pas d'amour ? Je vous offre celui de Dieu pour ses enfants. L'amour de Dieu est un amour de diamant. Il est blanc, il est froid. Il coupe. Je me suis rebellé contre, à ton âge. Je voulais être saltimbanque, cracheur de feu, mais mes maîtres ne relâchèrent pas leur vigilance. Je fais de même pour toi, de même pour tes camarades. Ce que mes maîtres m'ont transmis, je vous le transmets. Parce que le monde n'a que faire des cracheurs de feu.

– Il doit y avoir une autre manière…

– Je ne crois pas, Joseph. Cela voudrait dire que mes maîtres se sont trompés, et les leurs avant eux, et les leurs avant eux.

Ma plus longue conversation avec l'abbé, et elle n'eut jamais lieu, ailleurs que dans ma tête.

Elle n'en est pas moins vraie.

Ce fut la chose dure sur laquelle je ricochai. Ou alors, c'était peut-être que je commençais à entendre, car cette histoire n'est qu'une affaire d'oreille, depuis le début. À mon réveil, je compris mon plus grand péché. Il m'apparut, flottant devant moi, iridescent, dans une noirceur d'apocalypse.

Le traître avait révélé l'intégralité de mon plan. L'abbé et Grenouille auraient pu m'arrêter au moment où je sortais du dortoir. Ils m'avaient laissé grimper sur le toit, dévaler une descente de pluie branlante, longer des corniches verglacées avec mes doigts engourdis, mes membres pénétrés de longues épines de froid. J'avais insulté la logique, les statistiques, la gravité, qui sont toutes ombrageuses. Ils savaient cela et m'avaient laissé faire, sachant pourtant que si j'étais tombé, quelqu'un à la DDASS aurait ouvert un œil, bâillé, peut-être décidé de s'intéresser à ce qui se passait aux Confins. Ils m'avaient soumis à cette ordalie de vertige et de glace parce que Sénac *croyait*, avec cette ferveur brûlante des missionnaires d'autrefois, que c'était pour mon bien. Sénac *croyait* à la nature peccable des orphelins, des Juifs, de tout ce qui déviait des certitudes dont un autre abbé, un autre Grenouille, l'avaient pétri à coups de poing. Les monstres fabriquent les monstres qui fabriquent les monstres. Sénac était vicieux. Sénac était mauvais. Mais il l'était honnêtement, de tout son cœur malade.

Quand l'abbé revint ce soir-là, je collai mes lèvres à la serrure.

– Je vous demande pardon, monsieur l'abbé.

– Pardon pour quoi, Joseph ?

– Pardon de vous avoir forcé à me punir. Parce que vous êtes un homme bon. Ma punition est aussi, et surtout, la vôtre. Vous souffrez, plus que moi encore, et c'est là mon plus grand péché.

Je retins mon souffle.

La lumière s'éteignit, la porte grinça.

Le lendemain matin, ma cellule s'ouvrit sur les dents jaunes de Grenouille.

– T'as cours dans une heure. T'as pas intérêt à traîner dans les douches. Mais lésine pas sur le savon, parce que tu pues.

Je sortis après soixante-cinq jours d'isolement. Si mon regard est un peu lointain, parfois, pardonnez-moi. C'est que mes yeux ont trop longtemps fixé des royaumes oubliés.

Il n'y aurait pas de jackpot. Pas de jetons lancés en pourboire à des croupiers hautains. Pas de déambulations sur Tropicana Avenue, entre sable et goudron, pour aller prendre un verre au bar suivant, qui deviendrait une heure plus tard le bar d'avant. Il n'y aurait pas de décapotables, pas de palmiers sans ombre sur fond de nuits acidulées. Il n'y aurait pas de table juste devant la scène, il n'y aurait pas de scène du tout. Nous n'irions pas à Las Vegas.

Sinatra était le traître. Il avait quitté Les Confins depuis presque un mois quand je revins, titubant, aveuglé, de mon voyage souterrain, quand je m'évanouis à peine arrivé en classe. J'avais encore mes yeux d'hiver. Soudain c'était le printemps, un soulèvement éblouissant, des lames d'or pur qui fracassaient les tempes. On m'alita pendant une semaine, puis il fallut libérer la chambre de l'infirmerie pour un petit saisi de vomissements.

Sinatra nous mentait depuis sa première convocation par l'abbé. Frank n'avait jamais envoyé d'expert, jamais répondu à une seule de ses lettres hallucinées. Sénac lui avait appris, ce jour-là, que son père biologique s'était manifesté, qu'il avait entrepris toutes les démarches nécessaires pour le sortir des Confins. Son père, un boucher des environs de Cahors dont le nom figurait sur le certificat de naissance de Sinatra. Il n'y avait pas eu le moindre test à faire, pas le moindre doute auquel se raccrocher. Sinatra s'était piqué le bras avec son compas pour simuler une piqûre. Parce qu'il avait honte. Honte du boucher du Lot, qu'il avait rêvé crooner à Vegas. Il avait supplié l'abbé de ne rien dire, pendant les mois de paperasserie qui précéderaient sa sortie. Sénac avait accepté, donnant-donnant, à la condition que Sinatra lui rapporte ce qui se passait dans l'orphelinat. « Et pas de peccadilles. » L'abbé voulait du sérieux. Sinatra avait donné la Vigie.

Sénac nous avait laissés continuer avec une patience d'araignée, attendant une faute plus grave, plus juteuse : la mienne. Sinatra avait tout avoué en pleurant à Fouine, la veille de son départ, quand il avait été impossible de mentir plus longtemps, puisque tout le monde allait voir le type rondouillard, petit et chauve, sortir d'une camionnette marquée *Viande de cheval*, *fraîche à hennir !*, tout le monde allait le voir comme je vous vois s'avancer, serrer la main de Sinatra avec un embarras guindé et le faire monter côté passager. Sinatra était parti comme il était arrivé, les yeux baissés. Je n'avais pas pitié. Je fis le serment, un jour, de lui mettre mon poing dans la gueule.

Notre société secrète n'existait plus. La porte menant au toit avait été condamnée. La radio bricolée par Edison confisquée, Marie-Ange confinée dans sa vallée. Les membres de la Vigie ployaient sous les corvées, au bord de l'épuisement. Il n'y avait plus personne là-haut, plus de guetteurs ballottés dans des tempêtes d'étoiles pour protéger Les Confins, veiller sur la planète. Ce fut une année de massacres, d'avions détournés, d'hommes tués pour la couleur de leur peau – jamais la bonne si elle n'était pas blanche –, l'année où les Beatles se séparèrent. Coïncidences, peut-être. Rose avait quitté la région peu après ma descente à l'Oubli. Nous tenions l'information d'Étienne, qui connaissait leur jardinier.

Grenouille avait des ordres: aucune communication entre les anciens membres de la Vigie n'était permise. La nuit, il surgissait à l'improviste dans le dortoir, pour s'assurer que nous étions bien sur ou sous nos lits. Fouine se consacrait à ses trafics, Souzix fulminait au milieu des minots, Edison réfléchissait à la meilleure façon de dépasser la vitesse de la lumière. Danny continuait de fixer le vide sans parler à personne. Il avait au moins renoncé, depuis notre dernière confrontation, à s'en prendre à moi. Seul Momo était autorisé à m'approcher, *heureux les pauvres en esprit*, Matthieu 5:3, car les pauvres ne sont pas dangereux. L'abbé s'était choisi un autre secrétaire, un blondinet de quatorze ans qui se donnait des airs.

Je revins lentement à ma demi-vie d'orphelin. Et pris enfin conscience des regards échangés, des signes de code, des papiers qui passaient de main en main en une fraction de seconde. Un matin, Grenouille ne parut pas. Le bruit courut qu'il avait été emmené à l'hôpital de Lourdes, où il allait passer la nuit en observation. Il avait été victime d'une électrisation accidentelle en touchant l'interrupteur du couloir à la sortie de sa chambre. Le câble de phase s'était malencontreusement délogé, entrant en contact avec le châssis métallique de l'interrupteur. Grenouille avait été projeté contre le mur opposé par deux cent vingt volts de bonne électricité pyrénéenne, laquelle fluctuait parfois au gré des lâchers de barrage jusqu'à deux cent cinquante volts. Assez pour envoyer le corps d'un côté, l'âme de l'autre. Grenouille n'ayant pas d'âme, il avait survécu. Edison arbora une expression réjouie toute la journée. Certains orphelins font de très bons électriciens, après tout.

Fouine me réveilla à minuit, un doigt sur les lèvres. De l'autre côté du rideau de velours, là où dormaient les petits, ce qui restait de la Vigie m'attendait. Fouine glissa une barre de chocolat Poulain dans la main d'un gamin. Ce dernier partit en courant monter la garde à la porte du dortoir, même si l'absence de Grenouille, qui se déchargeait lentement sur un lit d'hôpital, diminuait les risques. Aux quelques têtes endormies qui se redressèrent pour nous regarder, Fouine lança :

– Le premier qui moufte se réveille mort demain.

Les têtes se rendormirent aussitôt. Le dortoir des petits donnait sur la salle de douches. La dernière cabine abrita, de sa porte vermoulue, notre premier conciliabule depuis trois mois.

– Nous sommes la Vigie, annonça Danny.

Et nous répétâmes, envahis d'une drôle d'émotion :

– *Nous sommes la Vigie*.

– On va se tirer d'ici.

– T'es cinglé. La dernière fois t'a pas suffi ? demanda Fouine avant de me regarder. À toi non plus ?

– Faites ce que vous voulez. Moi, je m'en vais. Joseph aussi.

Il ne m'avait pas demandé mon avis. Nous étions liés. Nous étions frères d'obscurité.

– Impossible, insista Fouine. Le portail principal est cadenassé. Et l'abbé a fait démonter la partie de la gouttière qui longe la clôture. Même si on sortait, on pourrait pas s'enfuir par le cirque, et on se ferait cueillir sur la route.

– On partira ni par le cirque ni par la route.

– Ah oui ? Et comment tu comptes faire, voler ?

– Le tunnel. Celui des trains. En Espagne, personne ne nous cherchera.

Nous étions muets. Chacun se représentait l'intérieur du tunnel, la voûte peinte par le sang des malheureux qui avaient eu la même idée. Danny fit signe à Edison, qui déploya une feuille couverte de dessins et de calculs et prit la parole :

– Selon Étienne, le tunnel fait cinq kilomètres. Les trains s'y engagent toutes les trente minutes, dans les deux sens. Ils mettent quatre minutes à traverser. Je les mesure depuis deux mois, la marge d'erreur est de l'ordre de trente secondes. Et ça peut être trente secondes de plus, ou de *moins*. Ça signifie qu'entre deux convois, nous disposons de vingt-neuf minutes au maximum pour atteindre l'autre côté, avant qu'un autre train ne s'engage et nous pulvérise. Disons vingt-huit, par sécurité. Nous pouvons entrer à la suite d'un train parti de France, ou après la sortie d'un train venu d'Espagne, ça ne change rien. Vingt-huit minutes.

Edison parlait vite, avec des airs de général en campagne, déplaçait son doigt sur ses croquis, mélanges de bonshommes-bâtons, de locomotives monstrueuses et de calculs ratés, faits et refaits pour prendre en compte toute éventualité.

– Par commodité, disons que nous attendons qu'un train pénètre dans le tunnel côté français. Nous nous lançons à sa suite, immédiatement après le dernier wagon. La sortie est à cinq kilomètres. Rachid affirme qu'un homme adulte, sans entraînement poussé mais en forme, court en moyenne à dix kilomètres-heure sur une telle distance. Il pourrait donc traverser, en se pressant un peu, dans les vingt-huit minutes imparties. Le problème, c'est que nous n'avons ni la masse musculaire ni la résistance d'un adulte. Ce qui signifie que pour traverser le tunnel avant qu'un train n'y entre de l'autre côté, nous devrons être, par rapport à notre âge, surentraînés. Des questions ?

Je levai la main, ce qui fit sourire les autres.

– Si un convoi met quatre minutes pour traverser, pourquoi ils ne les envoient que toutes les demi-heures ? S'ils s'avisaient d'en envoyer plus ?

– J'ai posé la question à Étienne. C'est une mesure de sécurité. Un jour, l'aiguilleur espagnol est allé pisser. Quand il est revenu, persuadé que le train venu de France était passé, il a envoyé le sien. Sauf que le train français était tombé en panne dans le tunnel, et que le conducteur courait vers la sortie pour atteindre le téléphone de secours. Un carnage. Le tunnel est vieux, dangereux et sans équipements de sécurité. Les trente minutes, c'est pour éviter un nouvel accident.

Fouine secoua la tête.

– C'est bien beau tout ça. Mais à supposer qu'on ne redécore pas l'avant d'une locomotive, qu'est-ce qu'on fera une fois en Espagne ?

Cette partie du plan, je la connaissais, grâce à Rose.

– Personne ne nous cherchera là-bas. On se fera discrets, on se trouvera des petits boulots jusqu'à notre majorité. Après ça, on sera libre.

– Alors, qui vient ? demanda Danny à la cantonade.

Je levai la main. Momo m'imita. Fouine hésita longuement, acquiesça enfin. Souzix avait les deux bras levés depuis longtemps.

– Pas toi, fit Danny. Tu es trop petit.

– J'ai dix ans, maintenant ! Vous allez pas me laisser là, bande de salauds !

– Si tu veux crever… Moi, je m'en fous. C'est ton choix.

Edison s'agenouilla près de lui.

– Écoute-moi bien. Danny a raison. Tu ne peux pas courir à cette vitesse. Même nous, nous ne sommes pas sûrs d'y arriver. À quoi ça servira si tu meurs ? Alors que si tu restes ici, tu deviendras le chef de la Vigie. Tu devras recruter de nouveaux membres et t'assurer que notre légende vive. Tu en es capable ?

Souzix réfléchit, mâchonnant sa lèvre entre ses dents du bonheur.

– Chef de la Vigie, hein...

Il bomba le torse.

– D'accord. Je pourrai quand même m'entraîner avec vous ?

– Si tu veux.

– Nous partirons dès que nous serons prêts, conclut Danny. Une dernière chose : une fois dans le tunnel, pas question de s'arrêter. Pas une seconde. Ni pour souffler ni pour aider un collègue. Deux hommes n'ont pas besoin de mourir si un seul suffit. Rappelez-vous notre devise.

Nos mains s'empilèrent. Notre serment retentit sous le plafond bleu d'humidité.

– *Chacun pour soi.*

Si Rachid s'étonna, lorsque nous lui demandâmes de nous entraîner à la course de fond, il n'en montra rien. Les séances de gymnastique, autrefois de sinistres flâneries, devinrent des moments d'intense concentration, de dents serrées et de joues blêmes, de malaises en plein ciel, de limites repoussées à coups d'épaules qui s'élargissaient de jour en jour. Momo, à la surprise générale, était le meilleur d'entre nous. Je ne sais après quel rêve il courait, s'il voyait la cour lugubre et son grillage rouillé ou une plage fauve d'Algérie, une fille qui se dérobait en riant et l'entraînait toujours plus avant, là où le sable devient mauve. Il galopait encore quand j'étais à quatre pattes, vomissant mon petit déjeuner. Danny courait au mental, absent de son propre corps. Fouine, Edison et moi faisions de notre mieux. Souzix courait derrière nous en criant : « Attendez-moi, mais attendez-moi ! » Nous montions les escaliers quatre à quatre. La nuit, Danny nous réveillait pour faire des pompes, des fentes, des accroupissements. L'orphelinat réussit là où mon manuel de callisthénie avait échoué. Début juillet 1970, après quelques semaines de ce régime, je ne reconnus pas mon reflet dans la glace piquée des douches. Je me transformais en athlète.

En dépit de nos efforts, nous plafonnions à huit kilomètres-heure sur de longues distances. Seul Momo flirtait avec les onze. Danny nous insultait de nuit. Fouine accentua ses trafics, arrosa le marché de barres Poulain, et ceux de corvée de cuisine exfiltrèrent du rab. Nous dînions deux fois, à table et au lit. Nous ne vomissions plus à l'effort. Nos muscles résistaient, gonflés de force et de jeunesse, réclamaient davantage. Je me réveillais parfois au milieu de la nuit, pris d'impatiences. J'allais faire des tractions sur la tringle qui séparait le dortoir des grands de celui des petits.

La barre des dix kilomètres-heure résistait. Lors des sorties d'alpage, nous montions en courant. Il fallait souvent revenir vers le groupe pour ne pas éveiller les soupçons. Danny atteignit la vitesse convoitée le premier. Vexés, nous fîmes de même peu après. Mais c'était sur de courtes distances. Nos calculs se fondaient sur des extrapolations, et il était difficile de mesurer nos capacités réelles sur la distance que nous devrions franchir. Edison tenait un journal secret de nos progrès, dissimulé en bonne compagnie avec notre page d'encyclopédie derrière une image pieuse fixée au mur du dortoir, une Vierge de mauvaise humeur que personne ne touchait jamais et dont nous avions remarqué, au détour qu'il faisait en passant devant, qu'elle effrayait Grenouille. Edison estimait qu'il nous faudrait encore deux mois d'entraînement intensif avant de tenter notre chance. *Douze kilomètres-heure*. C'était la vitesse à atteindre si nous voulions réussir. Fouine se lamentait.

– Sénac va finir par soupçonner quelque chose. Je l'ai vu qui nous regardait depuis la fenêtre de son bureau, l'autre jour, pendant que nous courions.

– Deux mois, répéta Edison. Vers fin septembre, au plus tôt.

Un matin de juillet, un an après que Michael Collins avait fixé la face cachée de la Lune pendant que ses amis, de l'autre côté, regardaient la Terre se lever, un remue-ménage nous attira dans la cour. Grenouille brandissait Asinus d'une main, repoussant Momo de l'autre. Momo criait, pleurait, tendait les bras vers son âne. Son début de moustache s'était étoffé, il avait dix-sept ans. Mais Grenouille était fort et le tenait à distance, sa main en plein sur le visage de Momo comme pour gommer un gribouillis, un dessin mal fini.

– T'as pas honte, à ton âge, d'avoir une peluche ? Tu sais ce qu'on fait aux types comme toi dehors ? Il schlingue, en plus, ce truc. Le mieux ce serait de le jeter à la benne, tu crois pas ?

Momo hurlait, pleurait de plus belle, impitoyablement effacé par la main de Grenouille. Fouine et moi échangeâmes un regard, Danny secoua la tête.

– Chacun pour soi, murmura-t-il. Pas la peine de tout gâcher si près du but. Qu'il se débrouille.

Danny avait raison. Raison dans cet endroit précis, à ce moment précis, et c'est pour ça que nous devions partir, pour gagner un pays où il aurait tort. Nous nous apprêtions à tourner les talons quand Rachid déboula de nulle part, fondit sur Grenouille et lui asséna une claque d'une violence inouïe. Asinus fit des tourbillons – ses oreilles déployées lui donnaient l'air de voler – et retomba dans les bras de Momo. Grenouille vacilla mais ne s'effondra pas. Il avait la cinquantaine bien sonnée, il était gras, mais il avait cette résistance sidérante des scorpions, des colonisateurs. Il fondit sur Rachid, qui le cueillit d'un direct au foie. Grenouille se plia, rouge de douleur, parvint à enserrer le cou de Rachid dans une clé qui les entraîna à terre. Des petits se mirent à pleurer, une sœur hurla. Sénac émergea dans la cour, alerté par le tohu-bohu.

Il avança lentement jusqu'aux combattants, relevant sa soutane. Les deux hommes se séparèrent aussitôt, secoués de haine mutuelle. Grenouille avait l'arcade ouverte, une main incarnate imprimée sur la joue, un magnifique facsimilé d'art pariétal. Rachid saignait du nez. Ils disparurent dans le bâtiment à la suite de Sénac.

Rachid fut renvoyé le jour même. Il ne fut pas autorisé à nous dire au revoir. Un gamin qui était de corvée de mauvaises herbes le vit monter dans sa voiture et jura qu'il pleurait. Nous ne le revîmes jamais. Rachid l'ignore mais nous fîmes de lui, à l'unanimité, un membre honoraire de la Vigie.

Le soir même, à quelques jours à peine de mes dix-sept ans, Danny nous réveilla à minuit.

– C'est l'heure.

Le train espagnol avait surgi, balançant ses citernes d'essence. Une odeur de cambouis le suivait, lourde et sulfureuse comme un vol de vautours. La nausée me tordait le ventre. Fouine luisait dans la nuit tant il transpirait. Souzix avait insisté pour nous voir partir – il était livide.

– C'est trop tôt, répétait Edison en secouant la tête. On n'est pas prêts. Il nous faut encore deux mois. On tiendra pas la distance.

Danny monta sur le ballast, scrutant la nuit. Une nuit de chance rare, de mauvaise donne.

– Sans Rachid, il n'y aura plus de cours de gym avant longtemps. Plus question de s'entraîner sans risquer d'éveiller les soupçons. C'est maintenant ou jamais.

Un grincement se fit entendre, Danny redescendit précipitamment. Fouine ruisselait. Je me pliai en deux pour vomir – rien ne vint. La danse claquetante, encore lointaine, d'un squelette de métal. Notre train approchait, secouant ses os rouillés.

– Dès que le dernier wagon est passé, ordonna Edison, courez. *Entre* les rails, pas sur les côtés, compris ? Il y a des loupiotes sur les parois du tunnel, ne les quittez pas des yeux. Donnez tout ce que vous avez.

Momo me toucha l'épaule. Il souriait, comme d'habitude, mais il secoua la tête. Asinus agita ses grandes oreilles avec lui. Nous nous parlions désormais sans le secours des mots, sans leur vulgarité ni leur évidence.

– Tu ne viens pas, c'est ça ?

Il continua de secouer la tête.

– Tu n'as jamais eu l'intention de venir.

Alors il expulsa les deux seuls mots que je l'entendis prononcer dans sa vie, un peu déformés par le manque d'usage, façonnés à la hâte dans les profondeurs de sa gorge pour faciliter nos adieux.

– Mieux… ici…

Nous sentions l'approche du train dans nos corps, au déplacement d'air qui le précédait. *Mieux ici.* Momo préférait Les Confins à la vie qui l'attendait dehors. Je me plaignais de mon statut de réprouvé, de paria, depuis mon arrivée. Il suffit de deux mots, *mieux ici*, pour me faire comprendre que nous avions de la chance. Qu'il y avait pire que d'être orphelin de ses parents, c'était d'être orphelin de soi. Je pris Momo dans mes bras, lui soufflai à l'oreille :

– Je viendrai te chercher.

Il fit semblant d'y croire. Les phares de la locomotive apparurent, poussant un rectangle de lumière devant elle. Un ingénieur-poète l'avait baptisée A1A-A1A 68000. Quitte à se faire écraser, j'aurais tout de même préféré que ce fût par une *California Zephyr*, une *Empire Builder*, une *Capitol Limited*, ou toute autre locomotive américaine au nom épique.

Nous nous tournâmes vers Souzix. Il tendit sa main ouverte, paume vers le bas.

– Nous sommes la Vigie.

– *Tu* es la Vigie, corrigea Danny.

Les wagons défilèrent, s'enfoncèrent dans un tonnerre de forge sous la voûte noircie. La fin du train apparut, mordillée par l'obscurité qui le pourchassait.

– Préparez-vous ! cria Edison.

Au même moment, Étienne sortit de sa cabane, une cigarette aux lèvres. L'intendant nous fixa avec ahurissement. Ses yeux allèrent du train au groupe d'orphelins transis, et il comprit. Le dernier wagon passa. Étienne ouvrit la bouche, la referma, tourna les talons et rentra dans sa cabane.

Je ne pouvais pas courir. C'était impossible. Je ne sentais plus mes jambes.

– MAINTENANT ! gueula Edison.

Il disparut le premier dans le tunnel. Puis Fouine, puis Danny, et enfin moi.

Souzix, la main levée en signe d'adieu, laissa lentement retomber son bras. Et s'engouffra derrière nous, courant de toute la vitesse de ses jambes de dix ans.

Je voulus faire demi-tour. La main de Danny s'abattit sur mon épaule, agrippa une poignée de chair et de tissu.

– Il est déjà mort. Et toi, pauvre crétin, tu viens de perdre dix secondes.

Chacun pour soi. Je me remis à courir, à courir comme je n'avais jamais couru, courir à fuir Les Confins, courir à fuir le mort de dix ans qui trottait derrière nous. Ne me jugez pas. Chacun pour soi n'était pas une devise égoïste. C'était une façon de dire, quand plus rien n'importait, que *nous* importions. Que nous valions quelque chose, puisque même abîmés, même déchirés, nous avions ce soi qu'il fallait préserver. Ce soi que Momo n'avait plus, plus tout à fait.

Les lumignons rouges, à l'arrière du train, avaient disparu. Des veilleuses monotones déroulaient un fil d'Ariane vers une sortie lointaine, peut-être imaginaire. Les silhouettes d'Edison et de Fouine clignotaient devant moi, vacillaient aux frontières de l'obscurité la plus totale. Mes poumons brûlaient. Le tunnel avait quelque chose de familier. L'Oubli, bien sûr. L'Oubli et son temps dilaté. Impossible de savoir depuis combien de temps je courais. Deux minutes. Deux siècles. Quelqu'un pleurait et criait en même temps. Mes poumons. Les traverses sous nos pieds, le crissement du ballast, l'odeur étouffante de la créosote que nous respirions. Ralentir. J'avais trop donné au départ, trop pour tenir la distance. Erreur de débutant. Edison et Fouine avaient disparu. Danny était quelque part derrière moi. Ou devant. Mes poumons encore. Je cherchai mon souffle, volai un atome d'oxygène à cette noirceur avare. Ma langue pâteuse, ma langue au goût de nuit.

Des heures et des heures à courir. Prier, à quoi bon. L'appel se cognerait à la voûte. *Mais quand même, s'il y a quelqu'un là-haut, aidez-nous. Amen.*

Et puis un son, une berceuse de métal. *Non, pas si tôt.* La voie frissonnait. De l'autre côté, un type ensommeillé était allé pisser, était revenu sans prendre la peine de se laver les mains, avait allumé sa pipe, serré la bruyère chaude entre ses doigts, poussé lentement sur le levier d'aiguillage. Mon esprit me précédait, je voyais la scène avec une clarté d'hallucination : le vieux appuyé sur son foutu levier, mal rasé, sa casquette de travers, un tableau de l'ère industrielle sous une neige de phosphènes, dans un vacarme de crissements, de bourdonnements, de souffles écorchés et de rails qui chantaient. Une bouffée d'air sur mon visage. Quelque chose d'énorme s'était mis en mouvement, loin devant moi. Un monstre.

Encore un tour de jambes et je céderais. Encore un. Les silhouettes d'Edison et de Fouine réapparurent sur fond d'étoiles. La sortie. Un klaxon deux-tons mugit au loin, le monstre marquait son territoire. *Encore trois cents mètres. Une foulée égale un mètre. Trois cents foulées. Mais peut-être qu'une foulée égale un mètre cinquante.* La fournée de nuit s'élargissait devant moi. *Ne compte pas.*

Cours.

J'émergeai du tunnel en pleine Voie lactée, dans un soir d'Espagne qui me fit saisir en une seconde le flamenco, le *duende*, ce mot que peu d'étrangers comprennent. Je me jetai sur le côté, dévalai une pente herbeuse, seule tache de vert dans ce rouge Aragon. Fouine et Edison crachaient leurs poumons en bas de la butte. Le train apparut, à quatre cents mètres au sommet d'une colline. Un phare unique, une gueule de cyclope furieux. Il prit de la vitesse pour atteindre les quatre-vingts kilomètres-heure requis. Et Danny ne sortait pas.

Deux cents mètres.

Il avait dû trébucher.

Cent mètres.

Alors je compris : Danny s'était engagé dans ce tunnel sans intention d'en sortir. Pas en Espagne, en tout cas. Je fis de grands signes au conducteur, je hurlai « Stop, stop, arrêtez ! » Il faisait noir, nous étions au bas d'un talus. Le conducteur ne vit rien.

Dans un hurlement fauve, Danny jaillit du tunnel, bossu, dans la fraction de seconde avant que le train ne s'y engouffre. Il dévala la butte, se dissocia de sa bosse – c'était Souzix. Ils roulèrent tous les deux à mes pieds. Le front de Danny pulsait, ses veines gonflées à éclater du bleu-noir de l'effort. Allongé dans l'herbe, Souzix riait, riait de tout son être. Danny fixait un ciel doré d'étoiles, je crus un instant qu'il était mort. Puis monta ce son étrange, du fond de sa poitrine. Il riait lui aussi. Danny riait.

Le rythme. C'est là que je l'entendis. Ça commença par le rire de Danny, qui avait fait machine arrière pour prendre Souzix sur son dos, un effort de légende urbaine, l'effort de ces mères qui soulèvent la voiture sous laquelle leur bébé est coincé. Ensuite, le cœur de Rose qui battait près du mien, un oisillon en armure Dior. Et puis le vent, et puis l'espace immense entre les notes, et puis la joie de Souzix, qui pour la première fois de sa vie ne voyait plus ni murs ni grillages. Une joie qui fusait à grands traits, dont certains s'égaraient et faisaient parfois exploser les avions, tout était lié, tout était là, à portée d'oreille.

Le rythme, la chose qui tenait tout, nos vies debout. Et je sus que cette fois, je ne l'oublierais pas.

Je ne touchai pas un seul piano dans les deux ans qui suivirent. Comme Rose l'avait prédit, je rejouai pour la première fois à dix-huit ans, dans un bouge qui m'avait engagé pour « mettre un peu d'ambiance ». J'étais à peine rouillé, et l'estaminet se tut. Ces gens-là étaient des connaisseurs. C'était le pays du *cante jondo*, le chant profond, mais ils l'avaient rarement entendu si profond. Je jouai l'Aragon, son ocre dont on façonne les hommes et les églises. Je jouai cette terre de lents matins de noces où les charrues butaient, parfois, sur des poètes assassinés.

Souzix fut rattrapé six mois plus tard et renvoyé en France après d'infinies tracasseries administratives. Pour Fouine, Danny, Edison et moi, les choses furent plus faciles. Nous étions de jeunes hommes, nous avions des bras forts et puisqu'ils n'étaient pas chers, nul ne s'inquiéta jamais de notre âge. Nous traçâmes un chemin de tâcherons jusque dans le sud du pays, toujours en mouvement, pour nous éloigner des Confins.

Nos chemins se séparèrent à Séville. Je revins en France à vingt et un ans. J'appris que Les Confins avaient été fermés peu après notre départ, officiellement pour « vétusté ». Je ne sus jamais si c'était du fait de notre lettre, si Rose l'avait postée, si notre idole radiophonique l'avait lue et si elle avait alerté quelqu'un. J'entrai en possession de mon héritage. J'avais de l'argent pour trois vies. Je devins professeur de piano, à mon gré, avec les élèves qui m'intéressaient, en France et ailleurs. J'avoue modestement avoir été recherché. Je n'ai plus qu'un seul élève aujourd'hui – je passe trop de temps dehors. C'est un gamin prometteur, irritant, un talentueux idiot auquel j'administre, de temps à autre, une petite claque derrière la tête.

Mon argent me permit de graisser les bons rouages. Momo ne parut pas surpris quand je surgis un jour dans le foyer où il était employé à recycler des bouchons de plastique avec d'autres orphelins d'eux-mêmes. J'avais promis de revenir le chercher, il m'avait cru. Je l'installai dans l'appartement voisin du mien, de l'autre côté du palier, et payai une aide pour s'occuper de lui. Je ne suis pas généreux. Momo m'a sauvé la vie, et ma dette court encore.

Malgré tous mes efforts, je ne parvins pas à retrouver Rose. J'ignorais son nom de famille, la rue de Passy était longue, et personne ne semblait y connaître le moindre comte. Et puis, en 1984 – pourquoi cette année-là, je l'ignore –, j'entendis la dernière chose qu'il me restait à entendre. « Je ne suis pas noble », m'avait soufflé Rose. Rose Leconte, fille de M. Leconte. Je me procurai un annuaire de 1969 : il y avait bien eu un couple Leconte au 46, rue de Passy. J'interrogeai tous les habitants de l'immeuble, personne ne les connaissait. Mais l'épicier, au rez-de-chaussée, se souvenait bien d'eux et de la petite Rose, qu'il avait vue pousser. La famille était partie au milieu des années soixante-dix, à l'étranger, pensait-il. Rose était venue lui dire au revoir. Quand je lui demandai comment elle respirait, il me regarda bizarrement.

C'est à cette époque que je commençai à jouer sur tous les pianos possibles, par toutes les portes, toutes les fenêtres ouvertes où elle pourrait m'entendre. La mode des pianos publics m'ouvrit un champ infini. *Si tu rejouais comme ça, et que je t'entendais du bout du monde, je te reconnaîtrais.* Je joue *comme ça*, aujourd'hui, comme lors de notre première rencontre, car je ne joue plus pour moi. J'ai pris le goût du dehors. Je joue notre histoire. Ma sœur aux mille et quelques jours, un disque des Stones dans une valise, la haine des batraciens, l'herbier qui doit encore sécher là-bas, à l'ombre des Pyrénées, le parfum de lèvres que j'ai à peine touchées, les mains tachetées de Rothenberg, immobiles à jamais dans les mains tachetées de Mina, les hoquets du magma, les vents solaires, je joue Souzix qui court à perdre haleine, Danny qui s'arrête pour mourir à deux, je joue la vie et la mort comme si elles n'étaient rien, et elles ne sont rien. Je joue les grands taureaux blancs, je joue le mal et la joie qui font l'air de nos vies. Mes pianos à New York, Moscou, Londres, Valparaiso.

Rose est devenue diplomate, j'en suis sûr. Elle voyage et je jure qu'un jour, au détour d'une passerelle, à la descente d'un avion ou d'un train, lasse et ambassadrice, elle sursautera. Elle viendra d'Istanbul, de Canberra, de Vancouver. Elle viendra de Tokyo ou de Tel Aviv. Elle me trouvera là, sur son passage. Elle reconnaîtra ma voix. Elle reconnaîtra le rythme. J'attends sa main sur mon épaule.

Je saurai que c'est elle sans me retourner, sans qu'elle ait à parler, car je ne suis plus sourd.

J'entends tout.

Johann Sebastien Bach, orphelin. Caravaggio, orphelin. Ella Fitzgerald, Coco Chanel, orphelines. Anton Bruckner, Louis Armstrong, Ray Charles, John Lennon, Billy the Kid, Tolstoï, Chaplin, orphelins. Et mille visages en cet instant, mille visages que nous ne connaissons pas, pas encore en tout cas, collés contre des vitres troubles, orphelins.

Je suis allé voir Sinatra pour lui mettre mon poing dans la gueule. Edgar Calmet de son vrai nom. C'était au début des années quatre-vingt-dix, je crois, un jour d'automne. Il pleuvait sur son village du Lot, un ciel mercure glaçait la devanture de la boucherie chevaline, coincée entre une boulangerie et une épicerie fermées de longue date. Il n'y avait qu'une cliente à l'intérieur. Je ne le reconnus pas tout de suite à travers la vitre embuée. Il avait pris du poids, il gonflait un long tablier maculé de viande. Sous son front dégarni, ses yeux étaient tristes. Il leva la tête, il croisa mon regard une fraction de seconde. Je tournai les talons sans entrer, sans lui mettre mon poing dans la gueule. J'ignore si lui m'a reconnu.

L'abbé Armand Sénac reçut les Palmes académiques et finit dans une maison de retraite pour prêtres. Je lui rendis visite, bien plus tard, mon nom ne lui évoqua rien. Il nourrissait un moineau, miette par miette, sur le rebord de sa fenêtre. Ses cheveux blancs ébouriffés, ses joues mangées par l'âge et une barbe qui s'épuisait à pousser, il voulut savoir si j'étais le coiffeur qu'on lui promettait depuis si longtemps et qui ne venait jamais. Je ne suis pas sûr de lui en vouloir le plus, à ce vieux fils de personne. La pire violence a toujours une excuse. Les coupables, les vrais, sont ceux qui l'avaient mis là, à la tête des Confins, et le feront encore. Les coupables sont des fils de quelqu'un aux souliers bien brillants.

François Marthod, alias Grenouille, disparut sans laisser de trace après la fermeture des Confins. Je ne tire aucune satisfaction de le savoir mort – à moins qu'il n'ait cent ans – mais cela me rassure un peu.

Jean-Michel Carpentier, alias Souzix, est aujourd'hui projectionniste dans un cinéma des Hautes-Alpes où il n'y a plus de projecteur depuis longtemps, plus comme avant en tout cas. Avant le cinéma, il y a eu la prison. Il n'aime pas en parler, alors n'en parlons pas. Je vois Jean-Michel tous les ans. Il faut hausser le ton – il est complètement sourd de l'oreille droite. Aucun de ses trois mariages n'a résisté à son désir de satisfaire sa curiosité encyclopédique. L'an dernier, à l'occasion de son soixantième anniversaire, nous avons regardé *Mary Poppins* ensemble dans son petit cinéma. Il a avoué m'en avoir voulu pendant quelques mois, lorsqu'il s'était aperçu que je lui avais menti. Il est possible qu'il m'en veuille encore.

Edison Diouf, notre génie, revint dans son village du Jura et ouvrit un petit commerce de réparation de matériel électronique en tout genre. Il n'avait pas son pareil pour aligner les têtes de lecture des magnétoscopes VHS, une technologie, disait-il, qui aurait pu être facilement améliorée, ce qu'il ne se privait pas de démontrer à coups de fer à souder. Il ne vit pas le futur, il ne vit pas les disques de polycarbonate argentés qui succédèrent à la cassette ni, plus incroyable encore, les 0 et les 1 qui déferlent dans des faisceaux de verre. Edison mourut dans un accident de chasse à trente-deux ans. Il faisait du vélo dans la forêt, vêtu d'une veste jaune, d'une casquette orange et de lunettes de soleil. Le chasseur affirma qu'il l'avait pris pour un cerf. Un cerf à vélo avec une veste jaune et une casquette orange.

Antoine Loubet, alias Fouine, fit fortune dans l'import-export. Je n'ai jamais compris ce qu'il importait-exportait. Il vit à Londres, plus riche encore que moi. Je lui rends visite de temps en temps – le piano de St Pancras est l'un de mes favoris. Il est le seul d'entre nous à avoir eu des enfants, deux belles filles. Il est grand-père depuis peu. Antoine ne va pas bien, les poumons pleins de l'immeuble qui s'effondra sur son enfance et édenta sa rue, les bronches remplies de cette absence qui l'emportera bientôt, et l'on pourra dire un jour prochain que cet immeuble a tué tous ses habitants.

Daniel Minotti, alias Danny, n'a pas cessé de marcher depuis notre fuite. Il sillonne la planète, pose son sac, travaille ou vit de ce qu'on veut bien lui jeter, se remet en route. Je le trouve parfois échoué devant ma porte. Il jure que la cloche, c'est fini, qu'il n'en peut plus, que cette fois, il se pose pour de bon. Il lui arrive de se mettre à pleurer, comme ça, sans raison, surtout si nous avons un peu bu. Il murmure : « Tu sais… » mais ne termine jamais sa phrase. Au petit matin, j'entends la porte grincer. Danny repart. Un jour, il ne reviendra pas.

Maurice Noguès, mon vieux Momo, habite toujours à côté de chez moi. Son aide de vie a emménagé à plein temps. Les sages vieillissent plus vite et, dans ses yeux, le soir descend déjà sur son enfance azur. Ses crises d'épilepsie ont cessé, mais il se déplace difficilement, son grand corps plié dans un fauteuil de velours, un tas de chiffon gris qui fut un âne sur les genoux.

Il se fait tard, madame, monsieur. L'affaire touche à sa fin. Une dernière chose.

Allez voir Momo, s'il vous plaît. Allez voir Momo, avant qu'il soit trop tard. Vous lui demanderez si ce que vous a raconté le vieux qui joue du piano dans les gares, dans les aéroports, dans tous les lieux de passage, est vrai. Il hochera la tête en souriant.

Le dernier train vient d'arriver, le 0 h 35 en provenance de Barcelone. Elle n'y est pas. Les cafés ferment, les stores descendent. L'heure est tranquille et orpheline. Il va falloir nous séparer.

Demain, je commence tôt.

À Gérard P.
et à tous ceux qui n'ont pas pu s'échapper.

L'auteur tient à remercier :
le Centre national du livre pour son soutien à l'écriture de ce roman ;
Laurent Perez del Mar pour son amitié, sa musique,
et « Les Adieux » joués au téléphone ;
Daniel Glet pour la généreuse réalisation
des premières mesures de l'opus 27 n° 2 de Beethoven.

L'EXEMPLAIRE QUE VOUS TENEZ ENTRE LES MAINS
A ÉTÉ RENDU POSSIBLE GRÂCE AU TRAVAIL DE TOUTE UNE ÉQUIPE.

ÉDITION : Sylvie Gracia
COUVERTURE ET CONCEPTION GRAPHIQUE : Quintin Leeds
ICONOGRAPHIE : Pascale Dubreuil-Ferrieux
MISE EN PAGE : Soft Office
PHOTOGRAVURE : Les Artisans du Regard
RÉVISION : Isabelle Paccalet, Laurent Raymond
et Nathalie Reignier-Decruck
FABRICATION : Maude Sapin
COMMERCIAL ET RELATIONS LIBRAIRES : Adèle Leproux
avec Marie Bréhin
PRESSE ET COMMUNICATION : Karine Vincent

RUE JACOB DIFFUSION : Élise Lacaze (direction),
Katia Berry (grand Sud-Est), François-Marie Bironneau (Nord et Est),
Charlotte Jeunesse (Paris et région parisienne), Christelle Guilleminot
(grand Sud-Ouest), Laure Sagot (grand Ouest), Diane Maretheu
(coordination), Charlotte Knibiehly (ventes directes)
et Camille Saunier (librairies spécialisées)

DISTRIBUTION : Interforum

DROITS FRANCE ET JURIDIQUE : Geoffroy Fauchier-Magnan
DROITS ÉTRANGERS : Sophie Langlais
ACCUEIL ET LIBRAIRIE : Laurence Zarra
ANIMATION : Sophie Quetteville
ENVOIS AUX JOURNALISTES ET LIBRAIRES : Vidal Ruiz Martinez
COMPTABILITÉ ET DROITS D'AUTEUR : Christelle Lemonnier,
Camille Breynaert et Christine Blaise
SERVICES GÉNÉRAUX : Isadora Monteiro Dos Reis

La couverture et la bande ont été imprimées
par Déjà Link à Stains (Seine-Saint-Denis).

Achevé d'imprimer sur les presses de l'imprimerie CPI Bussière
à Saint-Amant-Montrond (Cher) en janvier 2021.

ISBN : 978-2-37880-174-8
N° d'impression : 2055979
Dépôt légal : Janvier 2021